RETURKUTSCH

Wolfgang Mahnke

RETURKUTSCH

Plattdeutsche Geschichten

HINSTORFF

INHALT

WI DÜTSCHEN VERUNGENIER'N UNS' SPRAK FLIETIG WIEDER

Bi't Plattdütschschriewen möt 'n sick an ein Rägel holl'n: Nienich 'n hochdütsch Wurt bruken, wenn 't dorför ein plattdütsches giwt! Un ick wünsch mi, dat dei Medien un dei Spezialisten för Warbung un Reklame sick ok tau Rägel maken: Nienich ein Wurt ut ein Frömdsprak wählen, wenn 't dorför ein dütsches giwt! Väl klorer un dütlicher seggt ein denn, üm wat dat geiht un ok männig pienlich Utruscher ward unnerlaten. Uns' Nahwers, dei Franzosen, sünd bi disse Sak 'n bäten plietscher tau Wark gahn. Siet Johren laten sei frömd Würd, dei mit ehr Sprak nix tau daun hebben, nich mihr tau. Dei Medien möten sick dornah richten un ok dei Warbungsfacklüd. Un nu, seggen sei, hürt sick ehr Französch wedder bäder an. Dor süllen wi uns 'n Ogenspeigel an nähmen!

Wi Dütschen verrungeniern uns' Sprak liekers flietig wieder, tau'n Bispill: Wenn ick noch lütt Kinner harr, würd ick dei nich Lüd anvertrugen, dei oewer ehr Husdör „Kids Garden", stats „Kindergarten" schriewen. Ok mit dei niegen Würd för 'n Friseur, dei je all ut 't Französche kümmt un denn' Balbier unnerdükert hett, hew ick mien Daun. Is noch nich langen her, dunn stünn an dat Eckgeschäft up dei ein Siet noch Herrenfriseur un up dei anner Damenfriseur. Siet korten gah ick nu tau't Hoorschnieden dörch dei Dör, wo „Hairstudio" un mien Fru dörch dei, wo „Hairstyling" oewer steiht. Man dat is blot butenwarts, denn binnen hett sick nix ännert, dat Personal hett nich wesselt, süss würden wi ok nich mihr hengahn. Un wat dei Friseus'n dörch dei Reklam nu tau Künstlers worden sünd, weit ick nich; tauminnest bi mienen Kopp is wägen Hoormangel künstlerisch nix mihr tau maken.

Ok wenn 'k Kleeder köpen will, kam ick in Raasch: Wat will mi „Men's Fashion" seggen? Is „Herrenbekleidung" nich eindüdig naug? Un wenn denn von Tiet tau Tiet dei Händler noch ehr Schaufinster mit grote Plakate taukläwen, wo ümmer blot „sale", „sale", „sale" up steiht, kann ein'n ramdösig in'n Kopp warden, denn tau't Woren verköpen sünd dei Ladens doch dor, orer? Un denn möt 'n noch bedenken: Besonners öllere Lüd hebben mit weck von dei utländschen Würd Schwierigkeiten. Süss wier 't woll ok nich vörkamen, dat körtens ein Rentnerpoor mit ehr DAK-„Shipcard" ein Reis mit 'n Damper up dei Warnow maken wull.

Ick künn nu so blibleben un noch mihr von so'n Malligkeiten uptell'n, man denn würd dor je 'n Roman ut. Ein Sak oewer doch noch. Dat Dömlichst, wat ick bether oewer ein Ladendör läst hew, is: „Backshop". Dor künn 'n sick fragen, wat dat 'n Labor is, in dat ein sick in'e Steintiet trügg „beamen" laten kann orer wat dat doch blot 'n Bäcker is?

Villicht kann sick uns' Landesregierung eins mit dit Problem befaten un Rägeln för denn' Ümgang mit uns' dütsche Sprak in'e Medien un bi dei Warbung för

Mäkelborg-Vörpommern upstelln. Un wenn dorbi ok uns' Muddersprak mit in 't Spill kamen würd, wier 't grotorrig! Mit „Kinnergorn", „Backworen", „Hoorschnieder" orer „Kleeder för Mannslüd" un so wieder künn'n wi hier, in'n Nurden von dei Bundesrepublik, orrig Pluspunkte sammeln!

OEWER DAT PLATTSPRÄKZENTRUM IN'T ENZEPHALON

As dei Fritz Reuter Gesellschaft, dei John Brinckman Gesellschaft un dei Johannes Gillhoff Gesellschaft in't Frühjohr 2017 tausamen in Ludwigslust tagten, hett bi dei Diskussion dat ein orer anner Mitglied doroewer klagt, dat bi so'n Tagungen tau wenig Vördräg in Plattdütsch hollen warden.

Weckein nich dei nödige medizinsche Vörbildung hett, künn je nu seggen, dat dit Problem taukünftig mit Nahdruck ut dei Welt schafft warden müsst. Dormit oewer nich achter wat anjagd ward, wat ut wissenschaftlich Sicht bi männigein'n Vördräger gor nich klappen kann, stell ick hier dei niegsten Erkenntnisse (Universität Rostock in Tausamenarbeit mit Probanden von dei Fritz-Reuter-Bühn, Schwerin, un dat Fritz-Reuter-Literaturmuseum, Stemhagen) oewer dei verdüwelt Lag von dat Plattspräkzentrum in't Enzephalon (Brägen) bi Mäkelborger, oewer ok bi anner Plattspräker vör:

Dei Mediziner ut Rostock hebben gründlich Grothirnhemisphären von dei Testminschen unnersöcht un faststellt, dat sick an dei Stell up dei Brägenbork, wo dei Zentren för dat Seih-, Hür-, Lihr- un Gedächtnisvermögen liggen, ok dei Plattdütsch-Ganglien (Plattnervenzellen) ansiedelt hebben. Oewer, un dat is dat Malle, sei hebben dor nich väl Platz, denn knasch linksch von dei Plattganglien liggen dei för Kisuaheli un knasch rechtsch dei för Russisch un baben queroewer noch dei för Französch un Grönlandsch! Woans sick dat evolutionstechnisch so henmendelt hett, hebben dei Wissenschaftlichen nu utforscht: Dei Kisuaheli-Ganglien sünd dei Öllsten, wieldat dei Weig von'e Minschheit je in Afrika stünn. Dei Russischen stammen ut dei Tiet, as sick dei Germanen un Slawen in Mäkelborg vermengelierten. Dei Französchen kemen späder dortau, as dat bi Fritz Reuter in sien Bauk „Ut de Franzosentid" nahtauläsen is. Dei Grönlandschen sünd dei Jüngsten. Ein poor Idiome (Rädensorten) von disse Sprak sünd vör Johren von Mäkelborger Walfänger un mit denn' Läwertran inschleppt worden.

Wat hett dit nu för Utwirkungen up uns' Plattdütsch? Blot ein, dei Platt mit dei Muddermelk insagen hett, kann sick gaut mit sien Tung twüschen dei uptellten Sprakenganglien dörchwinn'n. Anner, dei mit Platt nich so fast up 'n Stähl stahn, könn'n dordörch in'e Bredullje kamen. Wenn dei bi't Platträden orer

-schriewen blot 'n bäten nerviös warden, oewerdrägt sick dat furts up dei Plattganglien. Sei warden zappelig, vertüdern sick mit ehr Nahwers (Ganglienvermengelierung) un lösen dormit Kauderwelsch ut. Tau'n Bispill: Dei Satz „Lat uns Plattdütsch schnacken, dorbi 'n Lütten drinken un ‚Tatar‘ äten", künn denn so heiten: „Shiamoo tikitaki germanski Platt, boire petit Kognak quaktassat Eskimo." Mihr wissenschaftlich Bewiesmaterial vörtauleggen is säker nich nödig un dorüm kann ick tausamenfaten:

Hauptsak is, dat oewerhaupt Platt spraken ward. Un wenn Lüd miteinanner up Platt schnacken, möten sei nich up jedein Wurt achten, oewer wat sei vertell'n, möt 'n liekers verstahn könn'n. Bi't Plattschriewen süht dat all anners ut. Weckein sick dormit befaten deit, süll, wenn hei nich wieder weit, wedder eins bäten in ein'n Originaltext läsen orer öftereins in 't Würderbauk kieken, denn wat as Plattdütsch anbaden ward, süll ok würklich Plattdütsch sin! Un wenn 't üm einen Vördrag orer gor üm ein Vörläsung geiht, möt dat Plattdütsche akrat sin. Sowat süll'n sick blot dei upnacken, dei Platt mit dei Muddermelk … un so wieder. Wenn nu besonners Gelihrte ut dei Südstaaten von uns Bundesrepublik dat männigmal mit Ganglienvermengelierung tau daun kriegen, is dat kein Wunner. Weckerein sick mit dei Sprak nich utkennt, süll ok nich oewer sei schriewen! Un wenn sei sick partu in ehr Vördräg mit Plattdütsch uteinannersetten will'n, sall'n sei dat man up Hochdütsch daun. Sei könn'n oewer doch dat ein orer anner Wurt up Platt in ehre Texte rinfummeln. Dormit wiesen sei nah, dat s' sick Mäuh gäben hebben, gahn Kauderwelsch ut 'n Weg un so kann 'n Schauh ut warden!

Un wat is mit dei, dei Platt lihren will'n? Wenn sei dat bi Mudder, Vadder Opa orer Oma lihren, null Problemo, as wi Plattdütschen seggen. Süss möten sei düchtig Vokabeln pauken, dat dei sick ine Platt-ganglien orrig fastsetten un ok väl bi daun, dat sei dei dor ok ahn Schaden wedder rutkriegen!

DAT HÄNGT MIT UNSEN VADDER TAUSAMEN!

In Mäkelborg giwt hier un dor,
Von so'n Lihrers doch noch ein Poor,
Dei stunnenwies ok Plattdütsch gäwen,
Tau holl'n uns' Muddersprak an't Läwen.
Oll Lihrer Bohn ut Kamps bi Schwaan,
Harr sihr väl för dat Plattdütsch dan,
Hüll 't noch as Rentner för sien Plicht,
tau hollen Plattdütsch-Unnerricht.
Un as dei Stunn' hüt kort vör 't Enn,
Deit Bohn sick an sien Schäuler wenn'n:
„Ick frag juch eins 'n knifflig Sak,
Worüm heit Platt ok Muddersprak?"
Lütt Elfi röppt: „Herr Bohn ick weit,

Worüm uns' Platt so heiten deit.
Bi uns tau Hus bün 'k dor up kamen,
Mit unsen Vadder häng 't tausamen!
Wenn dei maleins wat seggen will,
Larmt Mudder all: ‚Schwieg du man still!'
Wiel sei em nich tau Wurt kam'n lett,
Hei dorüm nix tau mellen hett,
Un ok in't Hus dei Lüd dit weiten,
Kann 't jewoll Muddersprak blot heiten!"

HEI HETT MIT MI DISPUTIERT

Tau'n Plattdütschen Bäukerdag in'n Botanschen Gorn
in Rostock harr Petrus denn' ganzen Dag oewer dei
Sünn schienen laten. Mien Fru un ick hebben dat ge-
naten. Bi dei Autorenläsungen orer an dei Bäukerstänn
dröpen wi männig gaude Frünn un schnackten orrig
Platt. Un denn kreg ick ok noch denn' „Unkel Bräsig
Pries" – als Anerkennung für Verdienste um die Er-
haltung und Verbreitung der niederdeutschen Spra-
che – wat för ein Freud!

Tau Hus hew ick mi denn' schönen Pries bäten neh-
ger ankäken. Bräsigs Konterfei is besonners gaut dra-
pen. Ja, so möt hei utsehn hebben, dei plietsche Un-
rauh-Inspekter, ein Kierl mit 'n grot Hart, mit Sinn
för Gerechtigkeit un ein', dei ümmer prat steiht, wenn
Hülp brukt ward. Wi mögen em, ok wenn hei uns bi

sien Daun männigmal 'n bäten komisch orer sogor kauzig vörkümmt. Liekers orer grad dorüm is Unkel Bräsig Fritz Reuters Paradepierd in sien'n Roman „Ut mine Stromtid". As dat Schlapengahn ran wier, hew ick in dat Regal langt un in't Bedd noch 'n lütt End in ein'n Stromtid-Band läst …

… middenmal kem mi dunn up dei Schossee kort achter Rottmannshagen ein lütt Mannsminsch entgägen. In sien Gesicht set ein staatsche rode Näs un up 'n Kopp drög hei ein viertimpig Mütz, vörn mit 'n Trottel. Up 'n Liew harr hei einen griesen Linnenkittel mit lange Schlippen un sien korten Bein, dei hellschen utwarts stünn'n, stäkten in ein blagstripige Drellhos' un in lange Stäwel mit gäle Stulpen. Hei wier nich tau verkennen:

„Herr Inspekter Bräsig, ick kann 't nich faten!"

„Dass du die Nas' ins Gesicht behältst! Sie kennen mir, obschonst ich all vor knapp zweihunnert Jahr von unse Erd' in 'n Häwen ümgezogen bün?" Hei knep sien Ogen tausamen, kek mi prick an un säd:

„Hab ich mir 's doch gedacht. Ich kenn Ihnen auch un zwars vom Blatt her, wo männigmal bei die plattschräwen Texte ein Bild von Ihnen zu beseh'n is. Un as man heutigentags seggt, sünd sie dazu ja noch 'n Reuterfan. Da haben Sie säker auch ‚Ut miene Stromtid' gelesen un sünd derwegen gut über mir im Bild!" Mi blew binah dei Luft weg. Woher wüsst hei dit all? Dorup säd dei Inspekter, as wenn hei Gedanken läsen künn:

„Is ja nich so, dass wir baben blot auf die Bänk vor uns' Wulkendör sitten, dösen oder Mulaapen feil hal-

14

ten. Nee, wir geh'n da auch ümmer mit die Zeit un läsen bispillsweise Tiedingen. Mein Fründ Korl Hawermann, mit den ich eine WG bün, reitet sogor mit 'n Notebook ins Internet rüm, was er meineswegens gern machen kann, aberst mir selbsten is das zu vigeliensch. Un denn ögen wir auch mit viel Intress' nah unnen, mihrst auf das Flach, wo wir as Kinner spälten un wo wir uns nahstens afracken taten. Dabei faten wir Stemhagen un was so an Dörper umrüm liegt, besonners ins Aug', weil wir ja von da herkömmlich sünd. Un jüst hat Petrussen uns, Korl wollte erst auch mit runter, hat sich 's denn abers anners überlegt, 'n Erdbesuchsschien för dies Rebeit aushännigen'n lassen, denn nach mehr as hunnert Jahr in'n Häwen dörft man 'n Andrag daför stell'n. Zu zweit is so'n Exkursion ja kommodiger. Nu abers bün ich ahn Korl hier un babendrein hapert 's mit die meinige Orientierung. So komm'n Sie mir grad zupass. Wenn Sie nu noch ein mützvoll Zeit hätten, wär 's gut."

„Tiet hew ick naug, Herr Inspekter, oewer seggen S' doch ierst eins, wotau wi dei bruken!"

„Das hängt mit 'n Wunsch von mir zusamm'n: In Jürgenstorf soll 'n Art Bildnis existier'n, wie ich daselbst as 'n Huhn auf der Stang' sitz – woll as Anspielung, dass ich nach meine Pangsionierung zu ‚Haunerwiem' gezogen bün – un dies möcht ich mir eins in Ogenschein nehmen. Ich hett' Freud' an, wenn Sie mir bis dahin begleiten täten. Un unnerwegs könn'n wir ja 'n bütschen disputiern."

„Nix is mi leiwer as 'n Spaziergang mit Sei. Ick bün twors ok nich mihr dei Jüngst, oewer liekers beinig

15

naug, üm dei poor Kilometer bet Jürgensdörp tau lopen. Oewer laten S' uns man leiwer denn' Landweg oewer Voßhagen nähmen, up dei Teerschossee hier künn'n w' in dei Bredulj kamen." So as sick dat för öllere Lüd hürt, güngen wi äbendrächtig weg un spröken oewer, woans dei grote Stromtid-Fomilie nu miteinanner in 'n Häwen utkümmt.

Wi harrn grad 'n groten Schlag Rapp achter uns laten, denn kem ein mit Weiten un nu stünn linksch un rechtsch von uns wedder Rapp. Bräsig harr all 'n poor Mal mit 'n Kopp schüdd, blew stahn un säd:

„All wieder Rapp! Dunnmals hatten wir ja auch große Schläg, abersten diese hier nähmen ja gor kein End' nich, was woll'n die Ökonomikers mit soviel Rapp? Un denn weiter kein anner Kurn as ümmer blot Weiten, keinen Hawer un Gasten, abers auch vom Rogg hab ich nix gesehn. Von Räuben, Runkels un die Kartüffels keinein Spur, woans is dies möglich?"

Ick hew versöcht, Bräsigen tau verkloren, wur dat hüttaudag mit dei Landwirtschaft utsüht un dat 'n besonners mit Rapp orrig Geld verdeinen kann un hei hett ahn twüschentaufragen gedürig tauhürt. Oewer as ick up tau spräken kem, dat nu ut Rappoel ok „Kraftstoff" för Treckers un Autos makt würd, kem hei hellschen in Raasch':

„Herr im Himmel, dies is ja 'ne große Sündhaftigkeit! Da sitten auf unse Erd' Öllern mit ihre afmargerten Kinner rüm, die vor Hunger nich in 'n Schlap kommen un die Ackerbuern machen aus gutes Oel afsichtlich schlechtes Oel? Un die Obrigkeit sagt nix dazu? Was is dies für eine Hopphei? Die Welt litt ja schon zu meine Zeit an Schiefigkeit, abersten nu steht sie jawoll piel auf 'n Kopf!" So gaut as dat güng, versöchte ick Unkel Bräsig tau begäuschen, oewer mi gelüng dat nich recht, denn hei harr noch mihr up 'n Kieker:

„Süh, auf der Wisch, wo dunnmals die Käuh gehüt't wurden, steh'n nu in'n Reih un Glied Sünnenspeigels, die mit Finessen aus atmosphärische Helligkeit auch 'ne Art Kraftstoff machen, blot keinein weiß, wo der afbliwt! Soll ja 'n gut Salär bei rauskommen, abers die schöne grote Wisch is verrungeniert! Un noch was: Üm jedein Feldschün sünd so'n breide Wäg aus diesen niemodschen Betonstein gebaut, as wenn ein da mit vier Pierdwagen nebeneinanner rümführen möcht'. Abers wi die Groten, so auch die Lütten. Süh, die niegen Wahnhüser, die hier an'n Weg stehn, sünd selbst ja schön, man rundüm auch alls voll mit Beton un Plasterstein, blot männigmal bütschen Grün mank. Kein Gorn mit Beete un Birn- un Appelböm, abers bannig große Remisen! Was aasen die Minschen blot mit den Acker rüm? Da find ick keinen Sinn un Verstand nich in!" Natürlich harr hei recht, ick stimmte em tau un säd, dat hüttaudag dei minschliche Verstand von dat Kapital regiert ward un dei Vernunft kum noch tau Wurt kümmt. Bräsig blew wedder stahn, kek oewer dat Land un mi kort an:

„Süh an, wenn ich mir 's nich schon gedacht hett. Denn is ja allens noch so as zu Hawermann'n un meine Zeit, denn hat sich ja gor nix ännert, obzwars hier unnen doch ümmerzu von Demokratie un Fortschritt die Red' is!?"

„Naja", säd ick, „nix ännert kann 'n woll nich seggen, denn hüt läwt sick dat doch 'n orrig End lichter as dunnmals un väle grotorrige Erfinnungen, as Autos, Robodders orer Computers, hebben dortau wat bidragen." Bräsig kek bi't Wiedergahn vör sick dal un säd woll mihr tau sick sülben as tau mi:

„Abers was nützt dies alls, wenn 's liekers keine Gerechtigkeit gibt, weil nich das Hart sonnern 's Geld regiert?"

Uns' Stimmung würd ierst wedder 'n bäten bäder, as wi in Jürgensdörp ankemen. Up 'n Anger bleben wi stahn. As Bräsig sien Afbild tau seihn kreg, wat dor näben ein Hauhn baben up ein Stang sitt, säd hei:

„Von'n Anputz her ist 's beinah die Appanage, die ich jüst auf 'n Leib hab und 'ne schöne Buntigkeit hat der Künstler mir auch aufgemalt, aberstenn ich hatte mir größer vörgestellt. Naja, villicht musste er mir wegen 's Oewergewicht so lütt machen. Doch liekers, wenn ein nich weiß, dass ich hier zu finden sein soll, der übersieht mir!" Bi sien Würd harr hei ierst dei Skulptur von alle Sieden beögt un denn kek hei mi wat fragwies an. Ick güng up sien Wiswarden in:

„Ach weiten S' Herr Inspekter, wat in dei Künstlerköpp so vör sick geiht, is man schlicht uttaudüden. Kann sin, dat dei Statik för dei Grött denn' Utschlag gäben hett, kann oewer ok sin, dat dei Figurenmaker sick seggt hett: ‚Unkel Bräsig' spält in Reuters Stromtid je sowieso all dei gröttst Rull, denn möt ick em för

18

denn' Häuhnerwiem hier nich oewermaten rutstrieken. Gaut drapen hett hei sei oewer!" Bräsig weigte denn' Kopp hen un her un kek noch eins nipp tau sien Afbild rup:

„Süh einer an, nu merk' ich 's auch, ich seh mir ähnlich un der Vergliek vonwegen meine Größ' auf 'n Wiem un die in'e Stromtid is würklich passig. Dass ich da nich selbsten drauf gekommen bün." Denn güngen wi tausamen denn' Weg nah Pribbenow runner. Unnerwägens hett Bräsig mi vertellt, dat hei nich ümsüss in't Landgasthus Quartier nahmen hett, denn dat dei Futteraasch dor besonners gaut kakt würd, wier sogor all in'n Häwen bekannt.

„Morgen früh geht 's wieder nach baben. Hawermann wird Augen machen, wenn ich ihm oewer meine Beläwnisse berichten werd'!", säd dei Inspekter, „und mit Sie war 's mir heut' ein Vergnäugen." Wi kloppten uns tau'n Afschied up dei Schullern un bevör ick noch wat antwurten künn, wier hei all achter dei Wirtshusdör verschwunn'n …

… denn hürte ick as ut dei Fiern dei Stimm von mien Fru: „Vadder wat is denn mit di los? Hest du Fewer? Schlöggst hier as unklauk mit dien Arms in't Bedd rüm, dat ein'n Grugen warden kann. Nu kam man tau di!" Ierst wull ick ehr von mien'n Spaziergang mit Unkel Bräsig vertell'n, man sei harr mi dat doch nich glöwt. Dorüm hew ick 'n mallen Drom vörschaben un mi up dei anner Siet leggt, wieldat ick mien Unnerhollung mit denn' Inspekter leiwer för mi beholl'n will, för mi ganz allein.

ÖKELNAMEN UN KLOCKENKÄDEN

Wenn mien Vadder Hülp brukte, hew ick in sien Gast-
stuw stunnenwies 'n bäten bedeint. Un ick hew mi
woll so gaut dorbi anstellt, dat hei mi eines Dags 'n
Vörschlag makte:

„Kannst di bi denn' Stammdisch in'e Achterstuw'n
poor Gröschen Drinkgeld verdeinen. Ick hew denn
mihr Tiet för dei Lüd in'e Gaststuw. Oewer unner ein
Bedingung: Wat dor vertellt ward, geiht keinein'n wat
an. Fix tau Deinsten sin, korrekt afkassiern un still-
schwiegen, dat 's dien Upgaw." Is doch klor, dat ick ja
seggt hew. Bäten Drinkgeld kem mi as Oberschäu-
ler gaut taupass. Un so kreg ick dat mit dei „Honora-
tioren" ut uns' Lüttstadt tau daun, wenn ok blot as
Kellner.

Jeden tweiten Dunnersdag, twüschen soeben un
acht abends, kemen sei. Ick stünn in witt Jack un
schwatt Büx prat, hülp sei ut dat Oewertüg, stellte dei
Rägenschirms orer Krückstöck bisiet, hüng dei Häut
up 'n Haken un männigwat noch. Wenn sei sick denn
ehr Hänn schüdd un sick 'n bäten up dei Schullern
kloppt harrn (küssen wier dunnmals noch nich in'e
Mod), hantierte ick mit dei Stäuhl, dat sei all weik un
an'n ehren anstammten Platz tau sitten kemen. Üm dei
ein Fru, un dat wier dei Direktersch von uns' Ober-
schaul, gesellte sick denn ein gaud' Dutzend Manns-
lüd. Unner vierdig wier keinein von ehr, mihrstens
wiern s' all 'n bäten grieshorig. Antog, Hemd un Bin-

ner müssten sien un dor, wur dei West oewer 'n Buk stramm set, bammelten dei güllen Klockenkäden. Nee, dor dröp sick nich dat Proletariat. Dor dröpen sick dei, dei in uns' Stadt all vör 'n Krieg dat Seggen harrn un nu wedder wat tau seggen hebben wull'n.

Up dei ein Siet von'n Disch seten dei Architekt, dei Friseur, dei Bäcker, dei Oberschaul-Turnlihrer, dei Kürschnermeister, ein utdeint Gaudsinspekter un näben em ümmer ein von dei Ackerbörger, woll üm bi dei Unnerhollung gliek künnig prat tau sin. Gägenoewer seten dei Böttcher, dei Veihhändler, dei Tähndokter, dei Tapzierer un einer von dei Reichsbahndirektion. Näben em, ok woll wägen dei Unnerhollung harr ein von dei Böwelsten von't RAW* sienen Platz un dei Maler set kort vör 't Koppend, wur dei Schauldirektersch as Präsident thronte. Präsident wier sei natürlich nich, denn an dissen Disch wier jedwerein sien eigen Präsident. Dei Direktersch harr je ok woanners an'n Disch sitten künnt, man dei Herrn harrn up denn' Platz för sei bestahn, wiel blot ein Fru tau disse Runn hürte un dei wull'n sei gaut seihn könn'n. Ein besonner Stellung nähm sei liekers in, denn sei wier dat einzigst Stammdisch-Mitglied, wat an't Revers dat Afteiken von dei SED** harr. Af un an sprök sei bedüdungsvull oewer dei Diktatur von't Proletariat un versöchte dormit ehr Tauhürers denn' Oewergang von dei Diktatur tau'n Sozialismus schmackhaft tau maken. Dorbi güng sei mit Hänn un Fäut tau Wark. Ok dorüm set sei an't Dischend. Bald oewer blew ehr Platz leddig, denn mit dei Diktatur un denn' Sozialismus künn'n sick dei Honoratioren nich recht anfrünn'n un sei hett sick denn mit dei Würd, dat sei ehr Parlen nich vör dei Sög schmieten wull, verafschied.

För mi wiern dei Abende ümmer uprägend. Männigmal hew ick mi ok bannig högt, tau'n Bispill oewer dei Ökelnamen. Man dei würden blot lut utspraken, wenn ein von ehr „nah dei Pierd kieken" müsst. Süss wiern dat Herr Sowieso un natürlich Fru Direkter. Dei Architekt würd „Dat Fatt", dei Bäcker „Mus" nömt, dei Kürschner „Muffi", dei Turnlihrer „Kethegus" (wiel hei ok noch Latein gäben ded), dei Veihhändler „Kauhhäuder", dei Tähndokter „Kusenpurrer" un dei Maler güng as „Rembrandt" weg, wat ick för bannig oewerdräwen hüll, denn uns' Wahnstuw sehg nah sien „Renovierung" nich väl bäder ut as vördem. Anfangs spröken sei ümmer Hochdütsch, so as sick dat för dei fiene Gesellschaft hürt.

Man nah 'n poor „Gedecke" (ein Gedeck: lütt Bier un 'n lütten Kurn) kreg ehr Muddersprak wedder oewerhand un bi Plattdütsch blew dat denn ok. Denn würd ut „Herr Ackerbürger Karl Großfuß" Buer Grotfaut orer Korl Grotfaut orer blot Grotfaut. Denn, obschonst dei Ackerbörger dei rieksten an'n Disch wiern, würden sei von dei annern ümmer 'n bäten von baben dal behannelt, woll wägen sei ehr Messführen un Klutenpedden.

Dei mihrsten an'n Stammdisch harrn ok ehr Nücken. Gägenoewer von denn' Disch, an denn' sei tweimal in'n Maand seten, hüng ein grot Klock an'e Wand, dei nich tau oewerseihn wier. Man sei würd nich wohrnahmen. Wotau harrn dei Herrschaften an ehre dicken, güllen Käden denn' eigen Chronometer tau bammeln? Dei müssten doch vörwiest warden un so tröken sei mit:

„Herrje, wur spät mag dat woll all sin?", öfter as nödig ehr Klocken ut dei Westentasch. Ick weit nich worüm, oewer dei Böttcher harr kein Taschenklock un sprök an'n Stammdisch kein Wurt Platt, obschonst hei dat künn. Man, wur spät dat wier, wull hei ok weiten. Ein Blick nah halfbaben harr je reikt. Oewer wiel bether nienich ein ut dei Runn von disse Klock dei Tiet afläst harr, künn hei dat ok nich daun. Un so frög hei binah alle Stunn:

„Herr Gastwirt wie spät ist die Uhr?" Nu glöwen S' nich, dat hei mi fragt hett. Nee, ick müsst mienen Vadder raupen. Dei kek denn up dei Wandklock un säd:

„Ierst half teigen, Herrr Böttchermeister, Sei hebben noch gaut söss Bier Tiet!"

Bi lütten kreg ick ok mit, dat dei Herrn tau Hus all äten harrn, oewer wat Scharps up 'n Disch stahn müsst. In'n Harwst wiern dat tau'n Bispill ümmer lüttschnäden Istappen. Wenn dei in ehr Kählen brenn'n deden, zischte dat Bier dor woll nochmal so fix dörch!

An'n Stammdisch güng dat üm 't Drinken un Vertell'n. Ick hew dat Drinken nich ahn Grund vör dat Schnacken stellt. Ein'n gauden Tog harrn sei all an'n Liew, ok dei Oberschaul-Direktersch. Oewer an denn' Architekten kem keinein ran. Hei künn sick dat leisten un harr sick mit dei Johren 'n orrigen Buk anfräten. Dor güng wat rin! As ick dat ierst' Mal denn'

Stammdisch bedeinte, un dei Architekt nah föfteigen Bier ümmer noch nich nah't Priwee müsst, hew ick mi wunnert.

Späder wüsst ick, dat hei akerat nah twindig Bier ümmer dat sülwig säd: „Ick weit nich recht, man ick glöw, mi pissert dat."

Oewer wat würd nu an'n Stammdisch räd? Nee, eigentlich dörf ick dat je nich utposaunen, wiel ick mienen Vadder Stillschwiegen verspraken hew. Man, nu is dat je all ein half Johrhunnert her un dei mihrsten von dei Honoratioren sünd längst tau Graw dragen worden. Dull wiert nich, wat sei beräden deden. Mihrstendeils güng 't üm Politik un wur sei as Geschäftslüd bi dei Diktatur von dat Proletariat bestahn künn'n. Naja, dat Proletariat hett denn' Bäcker, Böttcher orer Architekten nich wegjagt, dei würden je brukt. Blot tau seggen harrn sei nich mihr väl. Dat heit, ganz stimmt dat nich, denn dei ein orer anner is späder Vörsitter von ein LPG··· orer PGH···· worden. Kann 't sin, dat dei Stammdischräden von dei Schauldirektersch bi't Sinnier'n oewer dei ehr Taukunft 'n bäten Pät stahn hebben?

Denn mitplanen, mitarbeiten un mitregiern, dat süll dunnmals doch jederein, orer?

*   Reichsbahnausbesserungswerk
**   Sozialistische Einheitspartei Deutschlands
*** Landwirtschaftliche Produktionsgenossenschaft
**** Produktionsgenossenschaft des Handwerks

SIEN SCHÖNSTEN JOHR

Sünd Lüd' verheurat sösstig Johr,
Nömt man s' ein „Diamanten Poor".
Ok Schniedermeister Hanning Kraft,
Harr dit mit siene Bertha schafft.
Man mit dei beiden is 't so'n Sak:
Dei Schnieder wier man lütt un spack.
Sien Fru dorgägen grot un rund,
Bröcht up dei Waag vierhunnert Pund,
Wier babentau 'n schlimmen Drachen,
Bi ehr harr Hanning nix tau lachen.

Räd' hei eins gägen Bertha an,
Grep sei sick in'e Koek ein Pann
Nich blot, üm ehren Kierl tau draugen,
Nee, üm em dormit blag tau haugen.
So harr hei 't mit dei Tiet woll lihrt,
Dat in dit Hus sien Fru regiert.

Sei fiert'n grad ehr „Diamanten"
Mit ein poor Gäst un Anverwandten,
As Unkel Fritz tau Wurt sick mell't
Un Hanning ein poor Fragen stellt.
Tau'n Schluss säd hei: „Mak uns eins klor:
Wat wiern woll nu dien schönsten Johr?"
„Denn hürt mi nu eins nipping tau:
Mien schönsten Johr, ick weit 't genau,
Dat wiern dei söss", seggt Hanning Kraft,
„Nah 'n Krieg in dei Gefangenschaft!"

TWEIZEILER FÖR 'N BEZIRKS-LYRIKER-WEDDBEWARB

Dat Cornelius mit denn' Duwwelnamen Dietsche-Dürrmann rümlopen müsst, dorför künn hei nix. Sien Mudder, dei Direktorin von dat grote Textilkombinat, Dietsche, harr denn' berühmten Dirigenten Dürrmann friegt un wieldat kein von disse bedüdenden Namens verlustig gahn süll, leten sei Dürrmann einfach bi Dietsche antüdern.

Dat einzig Kind ut disse Eh', Cornelius, schlög nah sienen Vadder. Em leg mihr dat Musische, dat Künstlerische. Dat Robuste, Direkte von sien Mudder wier nich recht dörchmendelt. Cornelius makte all as Schäuler Rimels, lyrische, mihrstendeils korte, Tweizeiler. Von sick ut harr hei bi denn' Bezirkslyriker-Weddbewarb ok nich mitmakt. Man sien Mudder sett'e em ümmer wedder tau. Üm sien Rauh tau hebben, hett hei einen von sien Tweizeiler henschickt:

> *„Ein Abenruhr, dat liggt in'n Holt.*
> *Ierst wier dat heit, nu is dat kolt!"*

Dei Kommission set nu mit sienen Schriewkram an. Oewergahn künn'n sei em nich, dortau harr dei Nam Dietsche-Dürrmann tauväl Gewicht. Dorüm makten sei sick Gedanken: Dei Text künn as ein Appell gägen Ümweltverschmutzung anseihn warden, wier ok fortschrittlich, wenn 'n em as 'n Upraup tau ein Schrott-

sammlung upfaten ded. Disse Argumente müssten för
'n iersten Pries reiken!? Süll oewer mihr ut em war-
den, müsst Cornelius, dei grad dat Abiturium achter
sick harr, noch 'n bäten trechtbögt warden. Hei müsst
nehger an dei Werktätigen ran! Poor Wochen späder
schickten sei em tau Bewährung in'e Praxis tau dei
Wismut-Kumpel. Dat Johr wier fix vergahn un dei
Kommission kreg grote Ogen un rode Uhren, as sien
nieges Wark up 'n Disch leg:

> *„Rumpeldipumpel,*
> *dod wier dei Kumpel!"*

So güng dat nu nich! Wo blew dei Arbeitsschutz? Un-
fälle kemen all eins vör, oewer dat wier doch woll nix
för dei Öffentlichkeit! Dei Kommission harr nu mit
Corneliussen Schluß maken müsst, wenn dor nich dei
Kombinatsdirektersch un dei berühmte Dirigent wäst
wieren. Oewer dei Kommission wier all langen nich
mihr in't Amt, wenn sei nich ümmer plietsch reagiert
harr. Na, wat fählte denn' Bengel? Klor, dat Kämpferi-
sche! Un heit dat nich tau recht: „Von dei Sowjetunion
lihren heit siegen lihren!"? Cornelius würd in 'n Flei-
ger „Linie der Freundschaft" sett un verschwünn för
ein Johr in Moskau. Nah Johresfrist stünn hei wedder
up 'n Süll un wat sien Fedder hergäben harr, let dei
Kommission in Schweit kamen:

> *„Bargup, bargdal, wat makt dat schon,*
> *wi leiwen dei Sowjetunion!"*

Dunnernarren oewer ok, wat süll dit? Dat mit dei Leiw tau dei Sowjetunion schön un gaut, oewer barg-up, bargdal? Dat dei sozialistisch Weg nich ahn Dürn wier, harr sick rümspraken. Oewer dat güng doch woll vörfäutsch piel nah baben, orer? So künn Cornelius nich wiedermaken! Nu müssten sei woll doch mit em Schläden führn. Wenn, je, wenn dor nich dei Direk-tersch ... un so wieder un so wieder. Oewer in dei Kommission seten, as wi all weiten, kein Schapsköpp. Wier dor nich grad dei Stell as DSF*-Klubhusleiter in dei Bezirkshaupstadt frie worden? Väl Qualifizie-rung müsst dorför nich nahwiest warden un ein grot Vördeil wier, dat Cornelius nu russich spräken künn. Un hei wier denn nich irgendwat, nee, hei wier denn Chef! Dei Kombinatsdirektorin un dei berühmte Di-rigent nickten af un Cornelius nähm denn' Posten an. Dat Rimelsschriewen künn hei oewer woll liekers nich laten. Körtens fünn ick in ein lütt Lyrikbauk 'n Bidrag von Cornelius Dietsche-Dürrmann:

„Dei Sünn, dei schient in 't Kellerloch,
lat sei doch!"

* DSF= Deutsch-Sowjetische-Freundschaft

28

KANN DAT WOLL STIMMEN?

Giern vertell'n sei miteinanner,
Friederich un sien Fründ Manner.
As Thema hebb'n dei beiden hüt,
Beläwnisse mit Frugenslüd'.
„As jungsche Kierl", prahlt nu oll Manner,
„Harr ick woll jede Woch ein anner.
Dei Tricks lihrt ick je tiedig all,
Wenn 'k Danzen güng von Ball tau Ball,
Wo Sekt in Dierns ehr Näsen prickelt,
Kreg ick sei fix üm 'n Finger wickelt!
As Seemann nahst, mit orrig Geld,
Wier ick binah 'n Wiewerheld.
Ick hew s' nicht tellt, weit nich wur väl,
An Witte, Schwatte, Brune, Gäl,
Ick in dei Habens glücklich makte.
Tau dei Tiet, as mien Blaut noch kakte!"

„Ach", seggt nu Friederich bescheiden,
„Du büst je würklich tau beneiden.
Ick harr mit Frugens nich so'n Glück.
Bi mi wiern 't leider blot twei Stück.
Ein hett mi fix 'n Loppass gäben,
Dei anner is denn bi mi bläben!"

„BERÜHMT" MIT HÜLP VON'N TINNITUS

Wohrschienlich bün ick mit denn' Tinnitus tau Welt kamen, denn ick hew em in't Uhr, so lang ick trügg-denken kann. Hei stürt mi nich, denn mien Tinnitus zirpt ganz sachten, grad so as Telefonleitungen baben. Wenn ick krank bün, ward hei luder, oewer blot in dei glieke Tonlag. Dörch dissen Duerton in'n Kopp bün ick tau mien Oberschaultiet sogor 'n bäten „berümt" worden. Ick wier in'n Schaulchor un hew dor eins grot-mulig seggt, as dei Musiklihrer uns denn' Ton mit 'n Stimmgabel vörgew:

„Dat kann ick ok, sogor ahn so'n Gabel!" Dei Schäu-ler hebben em dat vertellt un bi dei nehgst Chorprow hett hei mi mihrmals vörsingen laten, wägen hei 't dat ierste Mal nich glöwt hett. Oewer ick kreg ümmer wedder akerat denn' Stimmgabelton tau faten.

So bün ick dörch mienen Tinnitus tau ein besonner Ihr kamen. Wi wiern mit unsen Chor, dei Laienspäl- un Volksdanzgrupp väl unnerwägens. Un wiel uns' Musiklihrer all olt un 'n bäten gebräklig wier, harr hei mit Veranstaltungen abends in'n Saal von dei ein LPG* orer denn' annern Verein nich väl an'n Haut. As wedder eins so'n Uptritt anleg, hett hei korterhand fastleggt, dat ick an dissen Abend för denn' Chor verantwurt-lich sin süll, späder is dat sogor gang un gäw worden. Nee, in 't koll Wader hett hei mi nich schmäten, hei hett mi vörher bibröcht, worup dat ankem, besonners bi't

* Landwirtschaftliche Produktionsgenossenschaft in der DDR

Dirigieren. Tauierst wier 'k ümmer 'n bäten bäwerig, man bald harr 'k väl Freud an mien nieg Upgaw un dat ok, wieldat mien Mitschäuler, dei je nu nah mien Piep singen müssten, mitmakten, so ok in'e Baumannshöhl.

Wi wiern mit 'n Chor in't „Winterlager" in Schierke un makten von dor ut einen Utflug nah dei „Rübeländer Tropfsteinhöhlen". As dor dei öllere Bergmann, dei uns ledd'te, vertellte, dat wi nu in einen Höhlensaal kamen, dei för siene gaude Akustik bekannt wier, hew ick em fragt, wat wi hier nich eins 'n bäten singen künn'n, denn hei wüsst je nich, dat dei ganze Tiet ein Chor achter em an löp. Hei säd ja, dei Chor stellte sick up un ick hew em dirigiert. Uns' Singerie harr anner Höhlenbesäuker anlockt un bald stünn'n väl Tauhürer üm uns rüm. Ehr Bifall drew uns an. Wi hebben uns nich lumpen laten un deip in uns' Repertoirekist gräpen. Dei Freud wier uns woll antauhüren un wi kregen tau'n Schluß ok noch denn' Kanon „Abendstille überall" ahn Patzer hen.

Ut denn' Bifall wier ein Klatscher ruttauhüren, uns' Höhlenführer. Hei kem up mi tau un säd:

„Ich mache seit Jahren Führungen und habe hier im Saal schon den einen oder anderen Chor singen lassen. Aber junge Leute, die so frisch von der Leber weg singen, habe ich bisher noch nicht gehört. Wo seid ihr zu Hause?" Ick hew em vertellt, dat wi ut Mäkelborg kamen, ut ein lütt Stadt, dei hei bestimmt nich kennt, Malchin.

„Sieh an, Malchin. Nein persönlich war ich noch nicht dort. Aber als Motorsportanhänger weiß ich, dass der Mechaniker und Erfinder des Automobils, Siegfried Marcus, in eurer Heimatstadt geboren ist." Ick wier verbast. Nichmal jedein Malchiner wüsst wat von denn berühmtesten Söhn ut sien Stadt, oewer hier, in'e Baumannshöhl stünn mi 'n oll'n Bergmann gägen- oewer, dei em kenn'n ded. Ut Freud hew ick em ümarmt.

DEI WITZ GEIHT SO NICH!

Witze kann ick nich beholl'n, dorüm hew ick mi up einen Witz spezialisiert, em sotauseggen gaut in mie- nen Brägen verankert. Wenn 'k em bruk, kümmt hei mi oewer dei Tung, as ut ein Pistol schaten.

Uns' Abiturientendrapen güng up 't End tau. Spät wier dat worden. Dei Frugens harrn sick all trüggtreckt, ok uns' oll Mathelihrer Reschke, dei, obschonst oewer achtig, ümmer tau uns Drapen kem. Dei „Harte Kern" set noch bi 'n Glas Wien. Wi vertellten uns Witze. Ick kem an'e Reih un schickte mien Standardwitz-Frag in'e Runn:

„Weckerein kennt denn' Unnerscheid twüschen ein Meis?" Schwiegen. Mien Uplösung:

„Sei hett twei glieklange Bein, besonners dat Linke!" All lachtens luthals, bet up einen: Hans-Hermann. Hei kek lurig in'e Runn un säd:

„Wat sall dat denn nu? Is doch kein Sinn in, dei Witz hett kein Poäng!"

Denn trök hei 'n Schmollmul un kek mi mit tausamenknäpen Ogen an. Ok wenn 't föftig Johr her wier, ick wüst gliek, wat dat tau bedüden harr. So'n Gesichtsutdruck vergät man nie: Pinnschietrig-naiv. Wenn hei noch genauso reagieren würd, as früher, denn harr 'k nu 'n Problem. Dit wull ick von uns' Runn afwenn un säd:

„Lat man gaut sin, Hans-Hermann. Du weisst doch, dat Witze so orer so sin können, disse is Nonsens." Nix mit Afwenn. Sien Ogen lüchteten up, hei wieste mit 'n Finger up mi un säd:

„Dit 's je dei Höcht. Wissenschaftler wisst du sin, noch dortau Biolog un kümmst uns mit Meisennonsens? Du kannst nich logisch denken! Wenn irgendein Unnerscheid makt warden sall, denn doch woll twüschen twei Saken. Oewer du hest blot ein Meis! Nich väl anners verhöllt sick dat mit dei Bein. Weit doch jeder, dat Meisen twei Bein hebben. Un gliek lang sünd dei jewoll ok. Besonners gliek lang giwt 't nich, is mathematisch nich tau faten. Dei Witz geiht so nich!" Blot nich up ingahn, dacht ick. Möglicherwies höllt hei denn mit sien Gedrön up. Nix mit Upholl'n. Lütt Schmollmul, kort Ogen tausamenkniepen un dit Mal kreg nich blot ick mien Fett af:

„Mi stellt sick dei Frag: Könn'n Minschen, dei Abitur hebben, oewer dit malle Tüg lachen? Hard ji nich anners reagieren müsst? Blot soväl: Wi hebben doch nich lihrt un studiert, üm denn Gesetzmäßigkeiten oewer 'n Hupen tau schmieten. Wenn hei, un dorbi schöt Hans-Hermann 'n fünschen Blick tau mi roewer, dei Wissenschaft mit Fäut pedden will, is dat sien Sak. Ick segg juch: Dit Witzmakwark is unästhetisch un unlogisch!" Dei letzten Würd harr hei all in't Stahn spraken, denn güng hei up dei Dör tau un verschwünn. Rechte Stimmung wull nu nich mihr upkamen un jüst, as wi beschlaten harrn, ok tau Bedd tau gahn, flög dei Dör up un Hans-Hermann stünn up 'n Süll. Ahn Schmollmul un Ogen taukniepen kem hei gliek tau Sak:

„Ick hew äben noch bi Reschke anropen, em denn' Meisenwitz vertellt un fragt, wat hei as Mathematiker dortau seggt."

„Un wat hett hei seggt?" frögen wi, all taugliek.

„Dei Frag is mathematisch nich uninteressant, hett hei seggt un denn: Gaude Nacht." Hans-Hermann güng stillschwiegend ut dei Dör un wi achteran. As wi annern morgen bi't Frühstück seten, stünn miteins Hans-Hermann an unsen Disch. Unrasiert, blass mit Ring' unner dei Ogen. Hei hüll mi 'n Blatt Millimeterpopier unner dei Näs un säd:

„Hett dei halwig Nacht duert, man nu hew ick dat rut. Kiek di mal dit Rechteck an. Ümmer twei Sieden sünd glieklang. Wenn du nu twei bäten verschuwen deist, dat sei schräg stahn, denn sünd dei annern Sieden twors ümmer noch gliek lang, süht oewer so ut, as wenn s' körter sünd. Nu säuk ick all stunnlang nah ein praktisch Bispill!"

„Dor kann 'k di helpen", säd ick. „Denk eins an dei Hanghäuhner. Wenn dei an'n Barg stahn, süht dat ut, as wenn ein Bein körter is, obschonst dat nich

34

stimmt!" Hans-Hermann kek mi nu mit grot Ogen an:
„Entschulligung. Ick hew nich wüsst, dat dien Witz
so deipgrünnig is, hei geiht also doch!"

RETURKUTSCH!

Sooft sei sick dat leisten kann,
Geiht Schultsch tau't Graw von ehren Mann.
Un bi schön Wäder, männigmal,
Sett't sei up ein lütt Bänk sick dal,
Üm dor, nah harken, blaumengeiten
Dei Karkhoffsrauh denn tau geneiten.
Nahdem sei all ein halw Stunn säten,
Kramt in ehr Handtasch sei ein bäten,
Halt dor Lippstift un Speigel rut
Un malt sick rod an ehre Schnut.
Ein hager Ollsch kümmt antaugahn
Un bliwt grad vör Fru Schulten stahn:
Dei fröcht nu schnippsch: „Wo olt sünd Sei?"
Un bäten tög'rig antwurt dei:
„Achtig bün 'k worden, vörrig Woch!"
„Nee, un denn schminken Sei sick noch?"
„Klor doch, ick putz mi giern eins rut!
Wur süht 't mit Sei Ehr Öller ut?"
Dei Ollsch seggt: „Dat weit ick genau.
„Up dreiunnäg'ntig gah 'k all tau!"
Fragwies treckt Schultsch ehr Stirn nu krus:
„Un denn führ'n S' noch von hier nah Hus?"

DEI WELTSENSATION

Up 'n „Glatten Aal", denn' groten Platz achter dei Post in Rostock, hett männigein Börger un Tourist all eins sien Auto afstellt. Upstunns is 't dormit vörbi. All 2017 sall hier ein grot Inköpcenter stahn. Oewer nu sünd ierst dei Archäologen an'e Reih, denn sei vermauden, dat unner dei Ierd noch dei ein orer anner „Schatz" liggt, denn vör 800 Johr un bet tau denn' Bombenangriff 1942 hen, hebben Handwarker in dit Rebeit läwt un ehr Hüser bugt.

Twei Maand wiern vergahn, orrig 'n poor Irdschichten harrn dei Archäologen all afdragen un dorbi Kellers, Grundmuern, Schosteinstumpen un sogor ein'n Fautbodden von ein Koek mit bunt Fliesen frieleggt. Ok Buddels, Kakpött, väl Schören un sogor Schmuck ut 't Middelöller kemen dorbi an 't Licht. Nah disse Buddelie harr Dr. Erdmann, dei för dei Grabungen taustännig is, sick 'n poor Daag Urlaub verdeint un gew sien Hülpslüd, dei Archäologie-Studenten László Nagy un Juan Martillo, Anwiesung, wat in'e nehgsten vierteigen Daag tau daun wier: Sei süll'n dat äben frieleggt Priwee akkerat up 'n Grund gahn. Hei harr ehr nich ümsüss dat Klo tauwiest, denn grad in olle Latrinen is all männigein Schatz funnen worden.

Nah dei drög Theorie in'n Hürsaal wüssten dei Studenten woll, wat dei Baas ehr anvertrugt harr un güngen mit groten Iewer tau Wark. Nah 'n halwen Meter

deip grawen, kregen sei ein'n markwürdigen Gägen-
stand tau faten. Rust, Ierd un anner Tügs kläwten dor
an. Von sien Grött künn dat ein lütt rechteckig Spei-
gel sin. As sei denn' „Fund" in't Labor rein makt un
unnersöcht harrn, stünn fast, dat 'n Ort Smartphon
vör ehr leg. Oewer woans is dit in ein Klo ut dat Mid-
delöller kamen? Künn nich anners sin, dat „Smart-
phon" stammt von Butenierdsche, dei sick dunnmals
in Rostock ümkäken hebben. Ein'n wier woll dit Ding
up 'n Aftritt ut dei Büxentasch foll'n. Wenn sick dat
würklich so afspält harr, denn wier dei Fund ein Sen-
sation! Un wat wier, wenn noch 'n Ship mit Biller up
in dat Handy stäken ded? Kein anner wier woll dor-
tau instann, dat ruttaukriegen as ehr indisch Fründ,
dei Computerspezialist Jamal Kapur.

Jamal kek sick denn' Schrotthupen an un säd:

„Ach du leiwer Gott. Dor is woll kum noch wat bi
tau maken, oewer ick will 't versäuken, gäwt mi twei
Daag Tiet!" Wieldat em disse Sak oewer kein Rauh
let, makte hei dei Nacht dörch un all annern morgen
röp hei László un Juan tau sick. Alltauväl harr hei nich
rutfummelt krägen, oewer 'n bäten Billerstückwark,
harr hei doch up sien Notebook oewerdragen künnt.
Hier un dor wier sogor Sprak un Singsang up tau hü-
ren: Dor sünd väl Lüd up ein Trepp tau seihn, dei mit-
einanner vertell'n, dortau ein jung Kierl, dei up ein Ort
Gitarr spält. Un dei Minschen hebben Kleeder an, as
sei in't Middelöller dragen würden.

As dei drei sick dat „Bildmaterial" 'n poor Mal an-
käken harrn, wier sei klor: Dei dor aflicht Minschen

spräken twors dütsch, oewer ganz anners as nu spraken ward, un dei Trepp, wo dei Lüd' un dei Sänger up stahn, giwt dat wiss un wohrhaftig hüt noch in't Rostocker Rathus! Kum tau glöben, oewer sei hebben Biller vör sick, dei von Butenierdsche in't Middelöller in't Rostocker Rathus upnahmen worden sünd! Ein Weltsensation! In ehren Oeweriewer vergäten sei denn' Baas tau unnerrichten un ropen för 'n annern Dag ein Pressekonferenz in.

As Dr. Erdmann in Boltenhagen bi't Frühstückäten dei „Ostsee Zeitung" upschlöggt, dröppt em binah dei Schlag: „Weltsensation! ‚Smartphon' von Außerirdischen bei Grabungen auf dem ‚Glatten Aal' in Rostock in Latrine aus dem Mittelalter gefunden, sogar Bildmaterial von Bürgern im Rostocker Rathaus teilweise erhalten!" Erdmann kickt up sien Klock. In twei Stunn möt hei in Rostock sin. Dat hei unnerwägens tweimal blitzt würd, kriggt hei ierst Wochen späder mit.

Dei grote Saal von'e „OZ" is proppenvull. Erdmann drängelt sick bet nah dat Podium vör, grippt nah't Mikro un will dei Konferenz afblasen. Oewer dat maken dei Journalisten nich mit. Nu möt Erdmann dei Büxen dallaten: Hei kümmt twors mit dei Wohrheit rut, lücht oewer 'n bäten tau:

„Mien Hülpslüd, dei Studenten, wullen dei Journalisten woll 'n bäten brüden. Von Weltsensation kann kein Räd sin. Dat Smartphon, wat sei in dat Klo funnen hebben, is mien. Vör drei Johr hew ick dat bi Probegrabungen up 'n Glatten Aal verlur'n. Wohrschienlich is dat in denn' Latrinenschacht foll'n, denn' wi späder wedder tauschütt'en. Dorüm kann ick Sei ok verkloren, wat dat mit dei Biller up sick hett: Up dei Trepp in't Rathus stahn dei ‚Rostocker Vaganten‘, bi dat Spill ‚Slüters Hochtiet‘. Dei Pressekonferenz is tauend!"

As Dr. Erdmann sick sien Studenten vörknöpen will, üm ehr dei Leviten tau läsen, sünd dei all utneiht. Hei sett sick mit orrig Raasch' in'n Buk in sien Benzinkutsch un führt trügg. Oewer dei Grull nümmt mit jedein'n Kilometer Fohrt af. Un middenmal möt hei sogor luthals oewer son'n „Weltsensation" lachen un hadd dorbi vör Klütz binah dat Afbögen nah Boltenhagen vergäten.

NIEMOD'SCHEN KRAM

Friedrich geiht nich giern nah'n Tähnendokter. Oewer wo sien Kusenpurrer 'n Plattdütschen is, fäuhlt hei sick tauminnest bi dei Unnerholung woll. As ein von Friedrichs Backentähnen ein nieg' Füllung krägen harr, säd dei Dokter:

„In Sei Ehr Öller warden dei Lücken mank dei Tähnen grötter un Sei möten bäten mihr putzen, dormit dei Karies kein licht Spill hett. Versäuken S' dat man eins mit Tähnensid', süss sitten S' hier öfter bi mi up 'n Stauhl, as Sei dat mögen!" Nah all dat Bohren un Klempnern wier Friedrich noch heil düsig in'n Kopp un hei harr denn' Dokter nich recht verstahn.

„Seihn S' mi dat nah, Herr Dokter, ick bün noch nich ganz bi mi. Wat hebben Sei seggt un wat sall ick daun?"

„Dat güng üm 't Tähnenputzen un ick hew seggt, dat Sei dat eins mit Tähnensid' – Z a h n s e i d e – versäuken süll'n."

„Ach so, ja, nee, oewer dat mak ick je ümmer, so lang as ick denken kann, mit 'n Tähnenböst!"

„Richtig, man mit Tähnensid' könn'n S' dat noch bäder un gründlicher daun. Versäuken S' dat man eins!" Hei kloppte Friedrich up dei Schuller, hülp em in sien Mantäng un röp denn' nehgsten Patschenten up.

As Friedrich tau Hus in'n Sessel set, säd Elsbeth:

„Sall ick uns 'n Tass Kaffee kaken? Ierdbeertort is ok noch dor!" Friedrich verdreihte sien Ogen un wieste mit wehleidig Mien up sien Mulwark:

„Hest du vergäten, wo ick her kam? Dei Schnuten-schauster hett grad ein'n von mien Backentähn plombiert un dorüm dörf ick twei Stunn lang nich Natt, nich Drög in 'n Schnabel nähmen! Hal man eins denn' Flickenbüdel ut dei Kamer."

„Wotau dat?"

„Du hest di doch för Ellis Geburtsdagsfier ein siden Blus neigen laten. Is dor noch 'n Rest von dei Sid' oewerbläben?" Elsbeth kek verwunnert tau Friedrich röwer un säd 'n bäten tögerich:

„Je, 'n poor Flicken hew ick noch. Wotau brukst Du 'n fleederfarwig Stück Sidenstoff?"

„Elsbeth, hür tau: Dei Tähnendokter hett sick dat utdacht. Kann oewer ok sin, dat dat wedder so'n niemodschen amerikanschen Kram is. Mit 'n Böst, säd hei, kriggt 'n dat Tähnengebiss nich orrig reinmakt, ick süll dat eins mit Sid' versäuken un …" In dissen Ogenblick füng Elsbeth luthals tau lachen an, schlög sick mit ehr Hänn up dei Schenkel, wischte sick ein oewer 't anner Mal dei Tranen ut ehr Ogen un säd:

„Ick kann 't nich faten, Friedrich, Du wisst ümmer so'n klauken Kierl sin un weisst nich eins, wat Tähnensid' is? Dat 's jewoll nich tau glöben! Gah furts nah dei Apteikersch, dei ward di helpen!"

„Nah dei Apteikersch? Wat sünd dat blot för Tieden! Ich harr fast an glöwt, dat disse Kelch an mi vörbi gahn würd!" Nu wier Elsbeth verbiestert:

„Wat för'n Kelch?"

„Na, dat dat in'e Apteik, so as bi groten Läwensmiddelladens, nu ok all Kleedung tau köpen giwt!"

UT DEI APTEIKER-ÜMSCHAU!?

Vör Johren all harrn sei sick funn'n,
Tau ein „Seniorenkaffeerunn'".
Ick set as Gast hüt mank dei Oll'n,
Süll nahst sogor 'n Vördrag holl'n.
Bi't Kaffeedrinken, Kaukenäten,
Wier ick verbast, orrig ein bäten.
Denn nich von Huswirtschaft un Kaken,
Würd hier in disse Runn' wat spraken,
Von Krankheiten, mit grot Gelüst,
Jedein blot tau vertellen wüst.
Nix anners gew dat tau bespräken,
As von ehr Lieden un Gebräken.
Un denn frög von dei Oll'n ein mi:
„Segg, weckein Krankheit plagt denn Di?"
Mien Antwurt wier: „Ick kann nich klagen,
Mi deit bether sowat nich plagen."
„Du hest kein Krankheit, würklich nich?
Herrgott, dit is je argerlich.
Kum tau faten, Kinnings un Lüd'!
Du möst Di furts, wenn 't geiht noch hüt,
Ut dei Apteik ein ,Ümschau' halen,
Dei is ümsüss, brukst nix betahlen.
Un Krankheiten kannst du dor binn'n
För alle Läwenslagen finn'n!
Wi säuken all siet Johren ut
Dei Ümschau uns' Gebräken rut.
Ok du warst dor, mit Garantie,
Ein passig Krankheit finn'n för Di!"

42

DEI ROTHOORIG INKA UN FREIHERR ARNE VON WULF

Dei Geschicht in dat Märken von Rotkäppchen un denn' Wulf is dunnmals woll doch 'n bäten anners lopen, as dei Grimms dat upschräwen hebben. Wenn dei Wohrheit rutkamen wier, harrn dei Autoren womöglich „Berufverbot" krägen. Liekers hebben sei in ehr Fatung sowäl dörchkieken laten, dat 'n faststell'n kann, dat dei Wulf gornich up 't Fräten ut wier, sonnern up Sex. Ut hütig Sicht un mit Hülp von Facklüd is 't möglich worden, denn' Verteller in ein nieg Licht tau setten:

Dei leiwe Gott harr Inka tau ehr füerrodes Hoor ok noch alls anner mit in dei Weig leggt, wat ein statsch Mäten brukt. Ehr Bussen wippte in'e Blus, wenn sei dei Dörpstrat dallöp, dei Rock set knasch oewer Hüft un Hinnelsten un wenn dei eins tau Siet schlög, künn'n ehr schönen, schlanken Bein seihn. Dei Mannslüd in't Dörp verdreihten ehr Häls, wenn sei vörbigüng. Männigein von dei Kierls harr ehr ok tau giern wat tauflustert orer sogor ein zotig Wurt nahropen, man dat wagten sei nich. Inkas Leiwster wier dei jungsche Förster Gernot un sei wüssten, dat mit denn' nich gaut Kirschen äten wier!

Gernot stünn in Deinst von denn' Baron Otto von Wulf. Siet Generationen set disse Adelsstamm up dat Schlot, wat midden in'n Holt leg, nich wietaf von't Dörp. Dei oll Baron wier 'n flietigen un gautmäudigen Kierl. Dit Wäsen harr hei sienen Söhn Arne nich verarwt. Dei wier ut dei Ort schlagen, hüll von Arbeit nix, drew sick väl in Spelunken rüm un wier bannig achter Wiewerröck her.

Kein Wunner, dat Arne afgünnsch up Gernot kek. Dat dei Förster sick mit dei schmucke Inka verlawt harr, wier em 'n Durn in't Og. Hei luerte Inka ofteins up un versprök ehr denn' Häwen up Ierden, wenn sei sick em hengäben ded. Man sei wieste em ümmer wedder af. As hei tauletzt sogor handgrieplich würd, sehg sei kein'n annern Utweg, as em in 't Gemächt tau pedden. Vör Weihdag let hei von Inka af. Sei rönnte stracks tau Gernot un vertellte em von Arnes Anmakerie.

Gernot harr sowat all ahnt un sei kemen oewerein, dat Inka von nu an ümmer „Hasso" bi sick hebben süll, wenn sei ut 't Hus güng. Wenn ehr wat taustöten ded, müsst sei denn' plietschen Dobermann blot von'e Lien laten, hei wier up furts Hülp halen africht.

Arne set indess in'n Schlottorm un grüwelte. Dat Inka em nich tau Willen wäst wier, makte em fünsch. Oewer hei wüsst, dat Inka ümmer Sünndags ehr Oma besöchte, dei as Wittfru allein in ehren Katen läwte un in'n Momang krank tau Bedd leg. Dit kem em taupass. Arne schlek tau denn' Katen, oewerrumpelte dei olle Fru, stök ehr 'n Knäwel mank dei Tähnen un bünn sei in'e Spieskamer an ein Regal, so dat sei sick nich rögen un mucksen künn. Denn trök hei sick ut, ströpte Omas Schlaptüg oewer sienen Liew un kröp unner dei Bedddeck.

Inka harr för Oma wedder orrig wat tau Äten un wieldat dei giern läste, ok dei Ostsee Zeitung in denn' Korw packt un makte sick mit Hasso up 'n Weg. As sei in'n Schlaprum kem un nah dat Bedd roewerkek, kem ehr dor wat spansch vör. Sei sett'e denn' Korw af un löt Hasso von'e Lien. Sachten güng sei up dat Bedd tau un frög argwöhnsch:

„Oma, wat hest du hüt för gläuhnig Ogen?"

„Dormit ick di bäder seihn kann!"

„Oma, wat hest du miteins för grawe Hänn?"

„Dormit ick di bäder tau mi dal rieten kann!" In denn' Momang schmet Arne dat Beddtüg tau Siet un grep nah Inka. Man hei kreg sei nich tau faten, denn Gernot stünn in'e Dör un schöt em in sien Rasch dod!

Wat nu? Müssten sei denn' Schandarm halen? Denn hürten sei wat in'e Spieskamer rummeln. As Oma Arne in sien Blaut liggen sehg, harr dei klauke, olle Fru sick bäder in'e Gewalt as dei bannig verbiesterten, jungschen Lüd:

„Wat sall dei Schandarm hier? Ok wenn 't Notwehr wier, dei Wulfs hebben gaude Afkaten, dor kümmt keinein gägen an. Dit hier möt anners rägelt warden. Gernot, hal furts dei Schuwkor un ein'n Duwwelsack ut dei Schün! Unnerwägens sammelst noch 'n poor schwore Feldstein up un denn seihn wi wieder!"

Arne würd samt sien Kledasch, bläudig Beddwäsch un Feldstein in denn' Sack stäkt, denn' Oma tauneihte. Sei korten mit em tau denn' Brunnen, dei langen all nich mihr nütt würd, schmeten em rin, leggten denn' Soddeckel wedder oewer dat Lock un wieldat hei

45

bether nich funnen würd, liggt hei woll hüt noch dor!
Un dei Moral von disse Geschicht: „Nich dat Diert,
sonnern dei Wulf in Minschengestalt is dat Oewel!"

SIBIRISCHE KAMPFBIBER UN CYBERATTACKEN

Obschonst dat Wäder noch ihrer winterlich wier, harr
ick uns' Fohrroed ut 'n Schuppen halt. Sei süll'n blank-
putzt för dei ierst Utfohrt tau'n Frühlingsanfang prat
stahn. As ick denn' Lenker von't Damenrad richten
wull, brök hei in'e Midd dörch.

„Vonwägen dütsche Qualitätsarbeit!" schimpte ick
luthals, denn dei Drahtäsel wier „Made in Germany"
un noch nich mal ein Johr olt. Kamen seihn harr ick
mienen Nahwer Max nich, oewer ick hürte em ach-
ter mi seggen:

„Akrat so will hei dien Lamentiern hebben un du
föllst ok noch up rin!"

„Max, in dien Quasseln is weddereins keinen Klauk
tau kriegen, up weckern sall ick rinfoll'n sin?"

„Up Putin!", säd Max, „Wohrschienlich hett hei rus-
sische Agenten bi dei dütsche Fohrradindustrie in-
schleusen laten, dei dor nu kaputtig Lenkers anbugen!"
Ick wull Max grad 'n Vagel wiesen, as hei all wed-
der up mi inräden ded:

46

„Kiek eins, Putin will dei dütschen Ingenieure tau Aapen maken un dormit ‚Made in Germany' in'e Schiet trecken. Denk blot eins an dat Lock in dei A 20! Dei Pielers, dei dei Fohrbahn dragen hebben, wier'n för dei Ewigkeit bugt, dalsacken unmöglich! Oewer nu hür tau: Up Putins Befähl hen hebben an dei Stell in ein Nacht- un Näwelaktion russische Spione ‚Sibirische Kampfbiber' utsett. Dei Bewies dorför liggt up'e Hand, denn kein anner Diert up uns' Ierd, as dit sibirische Monster, is in'e Lag, Betonpieler as Böm dörchtaugnagen!

Na, du kickst je so unglöwsch, möt ick noch mihr updischen? Gaut, nähmen wi eins S 21, denn' Ümbu von'n Koppbahnhoff tau'n unnerierdschen Dörchgangsbahnhoff in Stuttgart. Dit Buwark süll man blot 2,5 Milliarden kosten un 2019 fardig sin. Nu warden dat 10 Milliarden un vör 2025 führt dor kein Tog! Trugst Du dütsche Ingenieure so'n Fählkalkulation tau? Ick nich! Is oewer kein Wunner wenn 'n weit, worüm dat so kamen is. Ierst müssten Eidechsen för mihr as 15 Millionen Euro in ein anner Biotop ümsett warden un denn kemen dei Bohrers in'n Tunnel nich gägen ein besonners hart Steinschicht an, dei 't süss üm Stuttgart rüm nich giwt! Un nu holl di fast! Dei Wissenschaftlichen hebben rutkrägen, dat dat Eidechsen ut Kamtschatka wiern un dei harte Steinschicht ierst vör korten dörch Uralbakterien entstahn is! Weißt du, tau wecker Land Kamtschatka un dei Ural hürt?" Nah disse Würd kek Max mi lurig as ein Skatspäler an, dei grad 'n Grand Ouvert up 'n Disch ballert hett.

„Ick weit nich recht", säd ick. „Kiek eins, in Berlin, bi denn' Bu von'n niegen Fleigerhaben, hett dat je nich so'n Ümstänn gäben as in Stuttgart un liekers ward dei ok nägen Johr späder fardig un minnestens 4 Milliarden Euro dürer. Un dorüm ..." Max unnerbrök mien Räd: „Gaut dat du up denn' BER tau spräken kümmst! Dor hebben dei Russen je ehr Meisterstück afliefert. Von'n amerikanschen Geheimdeinst weiten wi, dat Putin dei besten russischen Hacker up ein'n Kolchos an'n Don tausamentrummelt un dat Sabotieren von'n BER anwiest hett. Dörch schwienplietsch Hackerattac ken (Angriffe oewer 't Internet) hebben sei dei Logistik un dormit dei spezifische Infrastruktur bi't Bugen von BER up 'n Kopp stellt un langen Tiet hett dat keinein markt! Wo Dören hen süll'n, sünd Finster inbugt worden, Computers falsch anschlaten, kein Löschwader in'e Leitungen un so wieder un so wieder. Dat steiht fast, ok för dat BER-Dilemma sünd dei Russen verantwurtlich, kannst mi glöwen! Un noch wat: Dörch so'n Cyberattacken hebben dei Russen sogor dei Wahl von'n amerikanschen Präsidenten manipuliert. Dat dei Windhund Trump nu an'e Macht is, kannst as ein Moskauer ‚Geschenk' an dei Amerikaner anseihn!"

Bi sien letzten Würd löp mi dat hei un kolt denn' Rüggen dal. Harr Max dei Wohrheit vertellt? Un denn füll mi dat ok all as Schuppen von'e Ogen: Ümmer wenn sich wat vertögerte, harrn je dei Russen ehr Hänn in't Spill. Kiek an, in'n Sepember 2017 hebben wi Dütschen wählt un ierst in'n März 2018 is ein Regierung taustann kamen! Hett dat womöglich dei russische

Voß dörch Cyberattacken ut 'n Kremel stüert? Un hebben wi em dormit ok dei viert Merkel-Amtstiet tau verdanken?

UPKLÄRUNG?!

Patschenten makten
Em nich giern denn' Hoff.
Sei müchten
Dr. Jörn nich lieden.
Hei wier Chirurg
Un ümmer bannig groff,
Nich blot mit Würd,
Nee, ok bi't Schnieden!

Denn würd hei olt
Un ded tau Rauh sick setten.
In't näg'ntigst Johr ierst
Halte em Fründ Hein,
Sien'n Leumund harrn
Dei Lüd all bald vergäten.
Blot läsen künn man
Up sien'n groten Stein:

„Hier rauht in Fräden
Chirurg Friedrich Jörn."
Un unner disse Würd

Harr einer schräwen:
„Dei hei op'riert hett,
Liggen wieder vörn,
Sitt hei in'e Höll
Orer kem hei in 'n Häwen?"

IN'E DDR GEW 'T ALLS, BLOT MIHRST NICH TAU KÖPEN! ORER: UT UNS' BETRIEBE IS NOCH VÄL MIHR RUTTAUHALEN!

Peter Voss hett Ecki Prahl up See kenn'nlihrt. Ecki wier Maschinist up dat grote Mudderschipp von't Fischkombinat un Peter, dei Biolog von't Forschungsinstitut, ünnersöchte up dat Schipp dei Fisch, dei dei Taubringer fungen harrn.

Dat möt 1968 vör Labrador wäst sin. Beid hebben fix Fründschaft schlaten un sick späder an Land oft mit ehr Fomilien tau Fierlichkeiten drapen. Sei hebben sick oewer ok, so as dat in'e DDR gang un gäw wier, väl gägensietig hulpen.

Peter un sien Fru harrn nah dei Labradorreis denn' dunn noch ledigen, jungschen Prahl tau Kaffee un Kauken in ehr Wahnung inlad. Dat wier Eckis ierst Besäuk bi dei Vossens.

As hei eins ut dei Büx müsst, verklorte Peter em, dat dat Priwee in't Bad tau finn'n wier. Kum dat Ecki wedder in'n Sessel set, säd hei:

„Du hest juch ‚Örtchen‘ gaut in Farw, oewer dor hüren Kacheln an'e Wand un Fliesen up 'n Bodden."

„Weisst du, dat dit Hus tau dei KWV (Kommunale Wohnungsverwaltung in der DDR) hürt? Dei wiesen mi 'n Vagel, wenn 'k ehr mit so'n Ansinn'n kam!"

„Lat doch dei KWV bisiet, dat kriegen wi beid ok ahn dei ehr Hülp fardig!"

Dat Ecki Hinz un Kunz kenn'n ded, bannig gaut schutern künn un babentau 'n grotorrigen Organisator wier, wüsst Peter, liekers harr hei sien Bedenken. Man dei verschwünn'n nah un nah, as Ecki mit sienen Plan rutkem: Nich wiet af von Rostock würd grad ein Heim mit 'n Schwemmbad för Regierungsböwelste bugt. Sien Schaulfründ wier dor Buleiter. Dei müsst dat Materialproblem lösen un ein'n Fliesenlegger warm maken. Dorüm würd hei sick kümmern.

„Dei ‚Keramik‘ kann oewer ierst an'e Wand, wenn Kabel för dei Lampen unner Putz liggen un Steckdosen, ‚Feuchtraum‘ versteiht sick, installiert sünd.

För denn' Elektriker büst du, Peter, taustännig. Un nu tau dei Bitahlung: Geld will keiner hebben. Wi bruken gaude Köder, up 'n blanken Haken bit hüt keiner mihr. Woans süht dat mit Westfusel bi di ut?" Peter verklorte Ecki, dat hei tau dei „Jugendweihe" von sien lüttst Dochter in'n Seemanns-Shop ein Kist „Asbach" för sien „Basarschiens" intuscht harr un drei Buddel dorvon oewerbläben sünd.

„Dei kamen uns gaut taupass", säd Ecki, „reiken oewer nich ut. Wat wi noch bruken is Fisch, so an vier, fief Kartons Filet! Alls anner löppt denn von allein. Oewer ierst bruken wi as Vörkass denn' Fisch, versteihst Peter?" Ecki harr Peter nich ümsüss dat „Fischbesorgen" upnackt. Hei wüsst woll, dat in ein'n Verschlag in't Käuhlhus orrig 'n poor Kartons mit dei Upschrift: „Wissenschaftliche Proben für das Fischinstitut" inlagert wiern, oewer in weck dorvon ok „Heimatware", nämlich handschnäden Filet, verstäkt wier.

Annern Dag sprök Peter mit einen Kraftfohrer von't Fischinstitut af, dat dei von't Käuhlhus fief Kartons „Fischproben", dei denn all up dei Ramp prad stünn'n, afhalen, oewer nich tau't Institut, sonnern för ein Buddel „Nordhäuser" tau em nah Hus bringen süll. Dornah güng hei nah 'n Fischeriehaben dal un sprök mit sienen Fründ, denn' Schippselektriker, dei Sak mit Kabel un Steckdosen af un verprök em för Material un Arbeit ein Buddel Asbach. Ecki wier intwüschen ok nich ful wäst. Dei Fischkartons harr hei an'n Sünndag mit sien'n „Saparoshez" bi Peter afhalt, tau dei Wahnungen von denn' Buleiter un Fliesenlegger karrt un dor ok gliek dei ehr „Gägenleistungen" per Handschlag fastmakt. Un denn löp alls vörfäutsch af: Dei Schippselektriker kreg nah sien Daun dei ierst Asbach-Buddel. Anner Woch bröchte spät an'n Abend ein „Barkas" dei Keramik un dei Fohrer kreg för sien Taugaw, ein grot, nagelnieg hellblag Handwaschbecken, dei tweit Asbach-Buddel. An't nehgst Wochenend muerte dei

Fliesenleger dei Kacheln an'e Wand, dei Fliesen up 'n Fautbodden un so wieder. As hei drei Daag späder mit dat Verfugen trecht wier, kreg hei dei drüdd't Asbach-Buddel.

Nich mal ein Maand wier nah Eckis Besäuk bi dei Vossens vergahn un dei harrn nu ein Bad, wat mit dei gletscherblagen un schneiwitten Kacheln, dei griesmelierten Fliesen un dat grote Handwaschbecken näben dei Wann tau ein Schmuckstück in ehr Wahnung worden wier. Ahn dei „staatlichen Zuschüsse" as Keramik un Fisch wier 't natürlich nix worden. Peter oewer brukte nich deip in sien Tasch tau langen. Dei Buddel Nordhäuser för denn' Kraftfohrer un dei Kist Rostocker Pilsner, dei hei för dei Handwarker springen laten harr, makten man grad 36,00 DDR-Mark ut!

VON HERRN PASTURN SIEN KAUH?!

Up Minschen, dei an ein'n Gott glöwen, bün ick 'n bäten afgünstig. Dei hebben einen groten Vördeil gägenoewer Lüd, dei 't nich daun. Sei hebben ümmer ein'n tau'n Anspräken, wo sei sick utklagen un mit denn' sei roren könn'n, denn' sei wat anvertrugen oewer ok üm wat bidden können, besonners, wenn s' allein sünd. Un dat is woll wat wiert. Liekers sünd dei Gotteshüser mihrst lerrig un egalweg träden Lüd ut ehr Kark ut, ok bi uns in'n Nurden.

Worüm? Weck seggen, dei Stüer is tau hoch, anner, Gott nümmt dei Gerechtigkeit nich mihr iernst naug un Jungsche is dei Glöwerie meist wat tau oldmodsch.

Ick weit nich, wat so'n Grünn gellen könn'n un hew langen oewer nahdacht, wat woll dei wohre Ursak för dei lerrigen Karken is. Un körtens, as wi in unsen Plattdütschkrink „Von Herrn Pasturn sien Kauh" sungen hebben, is mi dat as Schuppen von'e Ogen foll'n: Woans heit dat doch in ein oll dütsch Seggwurt? Lütte Geschenke erholl'n dei Fründschaft! Un woans heit dat in denn' Pasturn-Kauh-Text? „As sei würd in Stücken schnäden, hett dat ganze Dörp wat krägen!" Orer in Kortfatung, weckerein bispillswies wat von afkrägen hett: Dörpkapell – Trummelfell; Inglischmiss – Tähngebiss; Köster Söbenlang – Klockenstrang; Wäschemöm – Ingedöm; Füerwehr – Wagenschmeer un so wieder, un so wieder. Un ein Riemel: Schleswig-Holstein meerümschlungen – Ossentungen wiest sogor up denn' internationalen Charakter von dit Leed hen! In mihr as fiefhunnert (!) Strophen kriegen dei Lüd von Herrn Pasturn sien Kauh wat af. Dat heit, egal wat einer wier orer wat hei dan hett, keinein ward vergäten, keinein geiht lerrig ut! Wenn 'k nich ganz dornäben liggen dau, ward dit Leed all siet Johrhunnerte sungen un doröm möt dat jewoll ok Tradition wäst sin, dat nich blot ehr Uhren wat von Herrn Pasturn sien Predigt harrn, sonnern dei Lüd ok mit 'n lütt Geschenk räken künn'n.

Un so kamen wi dei Sak ok up 'n Grund: Dat dei Karken lerrig sünd, hängt gradtau mit dei Industriealisierung, Mechanisierung, Automatisierung un nich tauletzt mit dei Globalisierung tausamen. Ick frag Sei: Wecker Paster hett hüttaudag noch ein Kauh? Un nu weiten Sei, dat dei Pasterkäuh, dei 't nich mihr giwt, dat Problem sünd!

Oewer dit Problem lett sick fix lösen, denn dat giwt 'n Wink von baben: Dei Melkpries sünd jüst wedder in'n Keller. Väl Buern gäben dorüm ehre Hoew up un sünd froh, dat s' ehr Käuh los warden. Dat heit, Melkveih is tau'n „Schnäppchenpries" tau hebben! Dor süll dei Nurdkark kort eins in 'n Klingelbüdel griepen un in Käuh investiern. Dat is 'n Garantie dorför, dat in dei Gemeinden bald wedder luthals un mit Vergnäugen oewer dei lütten Gawen „… von Herrn Pasturn sien Kauh" sungen ward, denn Gäben is nu mal seliger as Nähmen. Un wenn dei Dörppaster för sienen Amtsbrauder in'e Stadt ok noch ein Kauh mit in Pläg nümmt, hebben dei Karken in'e groten Urtschaften ok wedder Taulop! Fauder giwt je oewerall mihr as naug, tauminnest för Käuh.

Oewer dit möt ahn Schmu taugahn, süss ward dat nix. Dei nurddütsch Minschenschlag is nu mal bannig pinnig un würd sick mit Geschenke „Made in China" nich afspiesen laten, ok wenn dei von ein Kauh kamen süll'n!

VÄL LEEGER!

För uns' lütt Dörp wier dat ein Sägen,
Sei harrn denn' Pierddeif endlich krägen.
Nu tagte in denn' lütten Saal
Bi Kräuger Schnut dat Tribunal.
„Schullig is hei, dat steiht je fast",
Säd Richter Suhr, „doch in denn' Knast
Ward'n wi em gewiss nich stäken.
Väl tau schwor is sien Verbräken,
Denn för Pierd stälen un so'n Saken,
Gellt hüt: Ein'n Kopp körter maken!
Eins bäden kann hei noch tau Gott,
Un dornah möt hei up 't Schafott!"

Up 'n Weg dorhen, rägent dat as dull.
Dei Pierddeif hett dei Schnut so vull,
Un bäwernd hei tau'n Henker seggt:
„Mit 't Urdeil hewt ji villicht recht,
Man upschuben wier würklich bäder,
As ruttaulopen bi so'n Wäder!"

Dei Henker murrt: „Wat wisst du denn,
Du möst, dat 's klor, dor doch blot hen.
Ick oewer möt, dörch disse Jüch,
Denn' ganzen Weg ok wedder trügg!"

EIN „OSTERKLENNER" AS BOLLWARK FÖR UNS' ABENDLÄNDSCHE KULTUR

Mit Robert bün ick orrig 'n poor Johr up 'n glieken Damper tau See führt. Ick hew mi dunnmals all ofteins oewer sien Ideen un wat hei dor ut makt hett, wunnert. Denn wenn hei sick wat Nieg's utklamüstert harr, wier dat mihrst so dömlich nich, man männigmal ok 'n bäten oewerkandidelt. Nahdem wi dei Seefohrt an 'n Nagel hängen müssten un Frührentner würden, hett Robert männigwat erfunn'n, üm dei Rüm in sien lütt Wahnung bäder nütten tau könn'n. Bispillswies klappt up Knopdruck dei Koekendisch tausamen un makt dormit denn' Gang tau dei Waschmaschin frie, sien Bedd verschwinnd (hochkant!) achter ein Verschalung un dorför stahn middenmal Disch un Sessels för 'n Besäuk prat orer ut denn' Kronlüchter in'e Wahnstuw ward, as wenn 't späukt, ein Schlaprumlamp.

Süss müsst Roberts Fru Helga dat, wat hei sick grad utdacht un trechtbastelt harr, bewunnern. Nu möt ick ümmer ran, denn Helga läwt intwüschen nich mihr.

„Kiek wedder eins bi mi in. Mien nieg Wark is fardig!", röp Robert dörch un ick makte mi up dei Söcken. Dei Dör wier anlähnt, Robert set in'n Sessel un näben em stünn ein Ort Kleederstänner. An sien nägen Pricken hüngen Kömbuddels, up dei hei Zettels mit Tahlen kläwt harr. Robert kek mi fragwies an, wat woll heiten süll: Na, wat seggst nu? Denn griente hei,

weildat hei markte, dat ick in sien nieg „Erfinnung"
kein'n Klauk kreg:

„Ick help di 'n bäten. Jedein Tahl up dei Buddels is
'n Datum, dei 25. bet 31. hürn denn' März tau un dei
1. un 2. denn' April. Na, dämmert dat ümmer noch
nich? Du wist doch süss ümmer so'n Plietschen sin un
kümmst, obschonst ick di all ein Brügg bugt hew, lie-
kers nich up, wat dat is?" Ick möt tämlich döschig ut
dei Wäsch käken hebben, denn Robert säd:

„Möt ick di dat würklich ierst verklor'n? Dei fief-
untwindigst März is Palmsünndag un dei tweit Ap-
ril is Ostermandag! Wat dor näben di steiht is ein Os-
terklenner!"

„Robert, mak di nich tau'n Aapen, Wihnachtsklen-
ner, ja, oewer doch kein'n Osterklenner, wat sall so'n
Tünkram? Un wenn dat all ein sin sall, hürn an denn'
Stänner villicht Ü-eier oewer kein Kömbuddels!"

„Ierstens is Osterwader nich verbaden un twei-
tens hest du denn' deipen Sinn von mien Erfinnung
nich verstahn. Wenn wi Johr för Johr vier Wochen
Vörwihnachtstiet fiern könn'n, warden uns woll ok
'n poor Daag Vörostertiet taustahn! Ostern is bether
fierdagstechnisch vernahlässigt worden. Dat will ick
nu ännern un sasst seihn, dat Weltchristentum un dei
globale Kommerz warden mi dei Fäut küssen! Treck
nich so'n Schnut! Denk an, dat mit dissen Klenner
grad ein nieg Ära in uns' Minschheitsgeschicht an-
fangt!"

„Ach nee, un dorüm makst du stats lütte Dören, as
bi'n Wihnachtsklenner, nu Kömbuddels up?" Robert

schüddköppte, kek mi an, as wenn hei 'n Dösbaddel vör sick harr un säd:

„Du prahlst ümmer mit dienen anschlägschen Kopp rüm, büst oewer nich in'e Lag, denn' Wiert von so'n Osterklenner orrig uttaudüden. Süh, in dei Vörostertiet lad ick nah un nah weck von mien Frünn in un bi't Kömdrinken verklor ick ehr dei Osterklenneridee. Dat sünd sotauseggen mien Jünger, dei disse Idee oewerall hen wiederdrägen, denn wi möten för dei Erhollung von uns' abendländsche Kultur ideologisch un materiell uprüsten. Mien Osterklenner is dorbi ein Bollwark mihr! Orer wisst du taukieken, dat nah dei Duerintegration bi uns Minarette as Spars ut dei Ierd scheiten?" Denn grüwelte Robert 'n bäten un säd:

„Ein Woch Vörostertiet is je gägenoewer vier Wochen Vörwihnachtstiet 'n bäten mückrig. Wenn wi nu dei Osterklennerdaag upstocken, womöglich dörch ein Achterostertiet, mientwägen bet Himmelfohrt, denn …" Ick schned em sien Räd af un säd:

„Dat schlag di ut 'n Kopp. Himmelfohrt is dit Johr ierst an'n teigten Mai, wat 38 Daag tauschaustern heiten würd un dat höllt dien Läwer nich ut! Oewerhaupt, kann 't sin, dat du vör Freud oewer dien nieg Wark all eins bäten deip in ein von dei Osterwader-Buddels käken un dorbi Faltbläder von'e NPD mit dei von'e SPD verwesselt hest? Dien dömlich Quasselie nah is dat antaunähmen!"

MIT ACTION WARD DAT WAT!

Ein'n Ogenblick kek dei Düwel in sien Afräknungs-
bauk, dunn schlög hei 't wedder tau, dat dat man so
stöwte un füng luthals an tau schimpen:

„Wat sünd dat leege Tieden. Dei Geschäften lopen
nich. Wenn dat so wieder geiht, möt ick Insolvenz
anmell'n un woll dei Höll dichtmaken!" Dei annern
Düwels in't Kontur, dat ok dat Hauptquartier wier,
treckten ehr Köpp in un schulten oewer 't Schriew-
pult nah ehr'n Chef rup. Hei oewer futerte:

„Dei Lüd süll'n doch woll bi uns anstahn. Wat heb-
ben wi nich alls in'e Waagschal schmäten, dat dei Min-
schen raffig un geldgierig warden, dorför Murd, Dod-
schlag un Krieg in Kop nähmen un sogor ehr eigen
Ümwelt tau Grund richten. Liekers möten wi wat ver-
kihrt makt hebben. Oewer wat?" Dei Oll wier so in
Raasch kamen, dat dei Finster dörch sien Schweitwul-
ken mit Pick un Schwäfel beschlögen. Dei Schriew-
stuwendüwels klarrten sick in'n Halwdüstern verlä-
gen mank ehr Hürn. 'n bäten tögerig börte ein von ehr
sien'n Faut hoch:

„Chef, wenn ick dortau wat seggen dörft ..."

„Rut mit dei Sprak!", säd dei Oll, „Ümmer rut
mit dei Sprak, in so'n malle Tieden möten wi ihrlich
tau'nanner sien. Dor kann sogor eins Kritik helpen!"

„Chef, mi dücht, wi hebben alls richtig makt, blot mit
dei Warbung sünd wi achter dei Konkurrenz an." Dei
Oll knep sien Ogen tausamen kek nah'n Häwen un säd:

„Is hei uns wedder tauvörkamen? Wat hebben dei Schwatten in Rom em ditmal tauflustert? Ick will 't weiten!"

„Baben dei Häwendör steiht all 'n poor Daag mit grote gräune Baukstaben up ein Transparent schräwen: ‚Vergäben, vergäben – rin in'n Häwen!'." Dei Oll knurschte mit sien Tähnen, bet sick up'e Lippen un brummte:

„Hei lockt ümmer wedder mit deisülwig Litanei: Bicht, Frieköpen un all so'n Kram, oewer wi möten nu Vörpahl schlagen, sowohr ick Scheitan heit. Hüt Abend Vullversammlung in't Heizhus!"

Dei Rum wier schrabenvull, as dei Oll dat Mikro vör 't Mul nehm un sien Räd so anfüng:

„Wi warden üm Rationalisierung un Kostensenkung dörch höllsche Transparenz nich rümkamen. Liekers sall dat Motto: ‚Mit List un Tück – dei Höll is dien Glück' bi uns' Daun wiederhen babenan stahn. Oewer wi möten effektiver, kreativer un innovativer warden!" Tau'n Schluss schulte hei gnittschäwsch nah baben un röp denn sien Lüd tau:

„Wi möten em mihr Kundschaft afluchsen un twors mit Saken, dei hei baben nich beiden kann. Dorüm heit uns' Taukunft: Action in'e Höll, Action mit utwählt Kannedaten!"

Furtsens mellte sick Düwels Grotmudder tau Wurt: Sei wull in Taukunft mit dei Konkurrenz verhanneln, üm dei Kanzlersch, villicht dörch einen Uttusch mit Gauck, ein'n Platz in'e Höll antaubeiden. Dor röp dei Oll argerlich:

„Grotmudder, hest nich tauhürt? Mit Action will'n wi Lüd in'e Höll locken, nich mit Langewiel!" Un denn wieste sick ok noch, wat dei Oll doch för 'n plietschen Satan wier. Dörch sien Anspälung vonwägen Insolvenz un dorüm möglicherwies Entlatung von denn' einen orer annern Düwel, wäuhlten dei nu, üm ehren Arbeitsplatz tau redden, bannig in ehren Brägen rüm. Nah twintig Minuten Palawer frög dei Oll denn' höllschen Profilerboss, wecker Action-Kannedaten sien Fallanalytiker vörschlagen künn'n.

„Je, Chef", säd dei, „dat süht mau ut. In Dütschland, nee, sogor in Europa hebben wi kein'n ein'n funn'n, dei passen würd. Wecker in Frag kamen wiern, liggen all langen unner dei Ierd. In'n Momang sünd blot Weikeier an't Rauder. Oewer wi künn'n dat je eins mit denn' Diktator ut dei Türkei versäuken …" Dei Oll schned em dei Räd af:

„Dat kannst vergäten! Denn können w' je ok gliek denn' brunen Adolf, dei siet Johren bi uns insitt, ut sien Pann halen, nee, nee …"

„Heureka!" schreg miteins ein von dei „jungen wilden" Düwels. „Ick hew dor nahsöcht, wo Action tau'n Olldag hürt, in Oewersee, un hew ein'n funnen: Donald Trump, dei is uns' Mann! Un wi schlagen gliek twei Fleigen mit ein Klapp: In unsen Laden is wedder wat los un unnerbeuten könn'n wi ok wieder, denn wenn Trump ierst in Fohrt is, hüppen dei Tauhürer vör Freud' von ein Bein up 't anner un marken gor nich, dat dei Bodden unner ehr Fäut all bannig heit is!"

„Grotorrig", röp dei Oll, „dei passt as dei Fust up
't Oog. Denn lat uns man tauseihn, dat wi em fix tau
faten kriegen! Un noch wat: Uns' Transparent oewer
denn' Ingang ,Dörch Action besapen – dei Höll'ndör
steiht apen!' ward mit grote rode Baukstaben malt! Un
nu wedder an'e Arbeit Jungs!"

CHARAKTER HETT HEI!

Dit harr 't bether je noch nich gäben,
Drei Präsidenten will'n in'n Häwen:
Dei Bush, Obama un ok Trump,
Stahn vör 'n Häwen an dei Ramp.
Petrussen halt s' dor af un denn
Schwäwt hei mit ehr tau'n Herrgott hen.

As iersten fröcht Gott Bushen nu:
„Segg mi, mien Söhn, an wat glöwst du?"
Bush antwurt: „An uns' Dollar-Geld
Un frie'n Hannel in dei Welt!"
„Sihr gaut", seggt Gott, „kumm rin in 'n Saal
Un sett di man bi mi hier dal."

Denn wend't hei sick Obaman tau:
„Woan glöwst du? Segg mi 't genau!"
„Demokratie", Obama seggt,
„Un för all' Minschen gliekes Recht!"

„Grotorrig!", röppt Gott, „rin in 'n Saal
Un sett di ok bi mi hier dal."

Denn makt sick Gott an Trumpen ran:
„Un wat glöwst du woll, groter Mann?"
Dei scharrt mit 'n Faut, as 'n fünschen Gaul:
„Ick glöw, du sittst up mienen Stauhl!"

SYRISCH UN KALASCHNIKOW

Männigmal lop ick mit Saken, dei mi in'n Kopp ka-
men, los, ahn väl oewer nahtaudenken. Ofteins wier
't bäder wäst, wenn ick mi mit mien Frünn orer mien
Fru vörher 'n bäten afstimm't harr. Man dat ward mi
mihrst ierst klor, wenn 'k mit so'n eigenorrig Idee, as
dei mit dat Syrischlihren, in'e Bredullje kam.

Dei Grapp kreg mi vör 't Inschlapen tau faten: Wenn
dei Syrier bi uns fautfaten will'n, denn möten sei dei
dütsche Sprak lihr'n. Wier oewer ok nich verkihrt,
wenn Dütsche Syrisch spräken künn'n. Un denn harr
sick dat ok all in mien'n Brägen fastsett: Dei Sprak
wull ick nu lihr'n.

Annern Morgen stünn ick, nah mien Meinen, bi dei
taustännig Stell up 'n Süll un dei ierste Frag von denn'
Beamten achtern Schriewdisch wier:

„Sei will'n Syrisch lihr'n? Un dortau kamen Sei in
dei Asyl-Andragsstell? Woans sünd Sei hier oewer-

haupt rinkamen?" Indess hantierte hei mit sien Handy un ein'n Momang später kem 'n Uniformierten in dat Büro, dei mi in ein'n annern Rum 'n poor Fragen stell'n wull.

Tauierst let hei sick mienen Personalutwies gäben, denn stellte hei sien Fragen:

„Wat hebben wi hüt för ein Datum, woans heit uns' Bundespräsident, weckern Namen hett dei Hauptstadt von Afghanistan, woans heiten dei Verse in'n Koran, wat is ein Kalaschnikow?" un so wieder. Ick hew mi nix dorbi dacht, hew antwurt un sogor 'n bäten upschnäden. Hei süll je nich denken, dat 'n Dösbüddel vör em sitt. Un as tau'n Bispill dei Sprak up dei Kalaschnikow kem, hew ick mi an mien Tiet bi dei DDR-Kampfgruppen erinnert un seggt, dat dat ein grotorrig Sturmgewehr is, dat ick dat hüt noch nah Normtiet ut'nein un tausamensetten künn un ick dormit noch nie nich an't Ziel vörbi schaten harr. Hei kek kort up un fróg denn, wat ick woll ein'n Reisepass hew un wenn ja, in wecker Utland ick in'e letzten Johr führt bün. Na, dor gew 't je orrig wat tau vertell'n: Wi, mien Fru un ick, leiwen dei Sünn, dat heit, wi fleigen giern nah Nurdafrika orer ok eins in'e Türkei un wat sick in'n Orient noch so anbeiden deit. Un dorbi hew ick denn ok vertellt, dat ick besonners up Utflög mit 'n Jeep in'e Wüst stah, so'n Fohrten, dei 'n poor Daag anduern un wobi dei Kierls sick orrig uttowen könn'n, wieldess dei Frugens sick in'n Hotelpool vergnäugen. Mien Gägenoewer kek wedder kort up un säd:

„Sei Ehr ein orer anner Antwurt möt ick 'n bäten neh-ger up 'n Grund gahn un dorüm nähmen Sei man hier näbenan för 'n Ogenblick Platz." Dei Rum harr kein Finster, an'e Deck bammelte ein oll Lamp. In dat schummrig Licht von ein lütt Gläuhbeer künn ick grad noch dat Inventor utmaken, Stauhl un Disch. As hei babentau nu noch dei Dör achter sick afschlöt, würd mi 'n bäten grugen un denn füng dat bi mi ok an tau dämmern: Dat wier as ein Verhür wäst un ick prahl ok noch rüm!

Wat daun? Ick hew gedürig twei Stunn up 'n Stauhl in denn' Miniknast säten, bet dei Dör upschlaten würd un dei Uniformierte säd:

„Sei Ehr'n Pesonalutwies beholl'n wi hier, dit is dei Nahwies dorför. Denn' Zettel möten Sei in'e nehgst Tiet ümmer bi sick hebben. För 't Ierst dörben Sei Rostock nich verlaten un nu könn'n Sei nah Hus gahn. Un dormit Sei dat nich ierst von Sei Ehr Fru tau weiten kriegen, wi hebben Sei Ehr Reisepässe intreckt un Sei Ehr'n Computer beschlagnahmt!" As ick nu düchtig gägenan gahn wull, kek hei mi scharp an un säd:

„Sporen S' sick dat Räden up. Sei warden Gelägenheiten dortau hebben."

Ick wier noch nich ganz in'e Wahnstuw, as mien Fru röp:

„Vadder, wat hest nu all wedder anstellt!?" Ick schluckte dat ‚all wedder' dal un vertellte, wat mi taustött wier, obschonst ick je blot fragt harr, wo ein woll Syrisch lihren künn. Mien Fru trök ehr Ogenbranen tau Höcht un säd:

66

„Dat ick einen Dullbrägen friegt hew, wüsst ick je, un hew hofft, dat sick dien Fisemantenten in't Öller gäben würden, oewer dat ward woll nix mihr!" Un as sei dorbi 'n bäten griente, wier 'k heilfroh.

Drei Daag späder klingelte ein Beamter an uns' Dör. Hei packte mien Notebook up 'n Disch, dortau uns' Reisepässe un mienen Personalutwies:

„Wi harrn Sei wägen möglichen Kuntakt tau'n ‚IS' up 'n Kieker. Oewer dor liggt nix gägen Sei vör. Nu möten S' hier noch unnerschriewen, dat Sei all Ehr Saken wedderkrägen hebben!" As ick deip Luft halte, kem hei mi tauvör:

„Herr Mahnke: Vullbort drägen, Syrisch lihren will'n, sick sihr gaut mit ein Kalaschnikow utkenn'n un denn noch giern mit 'n Jeep in'e Wüst rümkariolen, dor müssten uns' Lüd doch hellhürig warden, orer? Will'n Sei nu ümmer noch Syrisch lihren?"

„Nee, säd ick, dat wier woll ein dömlich Idee. Eigentlich hew ick je mit Plattdütsch naug tau daun!"

TWEI MÄKELBORGER UN NAHTAU EIN IDEE

In ein Kellergewölw von dat olle Zisterzienserkloster in Dargun, wo nu blot noch dei Schlossruinen up stahn, hebben Buarbeiter körtens einen „Schatz" entdeckt. As sei ein taumuert Dör upbröken, fünnen sei, in Däuker wickelt un in Kisten un Kasten säker verpackt, ein Kunstsammlung. Tauierst wüsst keinein, wecker hier wat verstäkt harr. Ranhalt Kunsthistoriker kregen fix Klauk in dei Sak, denn in ein Kist leg dat Sammlungsregister un dormit stünn fast, dat hier grote Deile von Friedrich-Karl Dükers Wark inlagert wiern. Friedrich-Karl Düker, ein Urenkel von denn' Möller Düker, weckern Ehm Welk in sienen Roman „Die Heiden von Kummerow" as ein'n gnittschäwschen Giezhals beschriwt, is dörch sien Pinselkunst, ähnlich as Günther Uecker mit sien Nagelkunst, berühmt worden. Hei hett in sien „Atelier an'n See" dusende von Malerpinsel, lütte, grote, breide, schmale, wenn 't passig wier ok mal 'n Quast, up Holt orer Lienwand in Positur bröcht un dormit grotorrige „Gemälde", Reliefs orer Skulpturen tausamensett. So tau'n Bispill: „Wogendes Kornfeld bei Neukalen", „Radschlagende Pfauen im Basedower Schlosspark", „Blühende Tulpen im Pfarrgarten zu Verchen" orer „Verwittertes Strohdach einer Scheune in Kummerow". Bi ein von sien Skulpturen, „Irokese auf Kriegspfad", wiest sick besonners, wo fiensinnig hei mit sien Pinselkunst ümgahn künn: In denn' höltern Irokesenkopp hett hei dor, wo süss dei Hoorkamm steiht, oewer tweihunnert Löcker bort, dei Stäls von brukte Pinsel rinstäkt un so, anners as bi Uekers Nagels, ok noch Farw in sien Wark bröcht.

Düker hürte vör denn' tweiten Weltkrieg tau dei bedüdensten dütschen Künstler. Ok in't Utland wier hei hoch anseihn. Dei groten Galerien ründ üm denn'

Ierdball hebben sick üm Pinsel-Düker-Utstellungen räten! In'e letzten Kriegsjohren würd dei Künstler noch intreckt un gellt sietdem as verschollen. Wo sien Wark afbläben wier, wüsst keinein. Nu is dat funn'n worden, binah kumplett. Dei Kunsthistoriker hebben beschlaten, dat dat gründlich restauriert warden sall un för 't ierst in denn' Darguner Keller bliwt. Einen Plan, woans dat mit dei Düker-Sammlung wiedergahn künn, giwt dat ok all. As dei Direkter von'e Kunsthall Rostock von dissen „Sensationsfund" hürte, hett hei gliek Verbinnung tau'n Förderverein Kloster- un Schlosskomplex Dargun upnahmen: Weildat je dei Planungen för dei Uecker-Box näben dei Kunsthall Rostock noch an't Lopen sünd, künn hei disse duwwelt so grot bugen laten, dormit so möglicherwies dat Wark von Pinsel-Düker un Nagel-Uecker unner ein Dack för dat Publikum tau stahn kümmt.

As ein Rundfunkreporter denn' Rostocker Oberbörgermeister frög, wat hei dissen Plan, ok bi Mihrkosten, taustimmen würd, sall dei seggt hebben, dat hei sick, grad tau Rostocks 800. Geburtsdag 2018 nix Bätres denken künn! Un dei högeren Kosten kemen dörch denn' groten nationalen un internationalen Besäukerstrom tau dei Düker-Uecker-Duwwelbox säker wedder rin. Denn' Börgermeister sall'n bi dit Interwiew dei Freudentranen blot so an'e Näs dallopen sin (dei Rundfunk-Reporter hett dortau oewer wieder nix seggt).

Wenn 't würklich so kümmt, warden dei Schweriner bi lütten woll gnatzig.

Man dei Direkter von 't Staatliche Museum Schwerin – Kunstsammlungen, Schlösser und Gärten, löt weiten: Wenn dei Niebu näben dat Staatliche Museum wedder in Schuss is, künn hei sick, soans dei Rostocker wat utborgen würden, dor ok eins ein Duwwelutstellung vörstell'n. Villicht unner dat Motto „Pinsel-Düker und Nagel-Uecker – zwei Künstler aus Mecklenburg und nahezu eine Idee".

UT 'N RHYTHMUS KAMEN?

Dor hülp kein Jammern un kein Klagen,
Denn Dr. Schmidt harr „Herzversagen",
As Grund faststellt för Pägels Dod.
Nu jammert Pägelsch in ehr Not:
„Wat hett mien Fritz nich alls noch schafft
Mit sien gewaltig Manneskraft.
Et giern noch Speck, drünk dortau Bier
Obschonst hei fiefunachtig wier!"
„Dat 's wohr, wi kenn'n em all so krägel",
Seggt Enkeldochter Anngret Pägel.
„Nee, Oma, ick kann 't nich verstahn,
Worüm müsst hei blot von uns gahn?"
„Ick glöw", meint Oma, „kenn denn' Grund,
Hei wier süss würklich karngesund,
Noch jeden Sünndag, ick seggt 't apen,
Kem hei tau mi in 't Bedd rinkrapen!"

„Jeden Sünndag? Kum tau faten!
Dat harr ick mi nich drömen laten.
Dor kümmt je orrig wat tausamen
Hett hei sick dorbi oewernahmen?"
„Nee, Anning, nee", seggt Oma lies.
„Wi makten dat up sachte Wies.
Hebben uns je geistlich orientiert
Un up dei Karkenklocken hürt.
Kem tau uns rup ehr Klang von unn'n
Hebben w' furtsens unsen Rhythmus funn'n!
Man dissen Sünndag gew 't Maless.
Schuld wier dei Iesmann an denn' Stress.
Harr 't sien wild' Bimmelie nich gäwen,
Künn woll uns' Opa hüt noch läwen!"

KELLER, JAM UN INMAKT PLUMMEN

1945 leg ein grot Deil von mien Heimatstadt in Schutt
un Asch. Uns' Vadder wier noch in Gefangenschaft.
Mudder un Oma harrn Arbeit bi einen Ackerbörger
funn'n. Geld verdeinten sei nich. Wat süll'n sei dormit
ok, gew je nix tau köpen. Sei kregen as Lohn 'n poor
Tüffel orer Eier, 'n bäten Kurn, männigmal ok eins 'n
lütt Stück Speck orer 'n Liter Melk. So'n Naturalien
wiern dunnmals mihr wiert as Gold! Dorbi müssten
sei sick oewer ok denn' heilen Dag up 'n Acker afra-
cken.

Wiel sei uns tauhus nich inspunn'n künnen, kreg mien Brauder, dei fief Johr öller wier as ick, mi un denn' Husdörenschlötel taudeilt. Dat heit, wat hei dat wull orer nich, hei harr mi an'n Hacken un müsst sick mit mi afplagen. Ick oewer hew von disse Wiesung 'n Vördeil hadd, mi väl von em afkäken un männigwat von em lihrt. Ick wull je ok alls könn'n, wat hei künn. Tau'n Bispill: Läsen. Mien Brauder harr abends mihrst 'n Bauk vör dei Näs. Ick hew em so langen tausett, bet hei mit mi dat Läsen äuwt hett. As uns' Schaul 1944 Lazarett würd, harr ick twors all dei ierst Klass achter mi, künn dat ABC, oewer wüsst mit dei Baukstaben nich recht ümtaugahn. Man in'n Harwst 1945, as dei Unnerricht wedder upnahmen würd, harr ick all 'n poor Bäuker von Karl May läst. Un denn wiern dor noch dei Frünn von mienen Brauder. Von dei hew ick mi ok orrig wat afkäken, ok Undög.

As mien Brauder mit mi in'n Schlepptau bi ehr antorrt kem, keken s' tauierst affällig von baben up mi dal. Oewer bald harr dei „Gang" rutfunn'n, woans ick tau bruken wier. Mihrst kreg ick vörher nich tau weiten, wat sei sick utbaldowert harrn. So ok bi ehr „Operation Keller". Ierst as wi mit unsen Handwagen mit Decken, Schüpp, Bräkstang, Taschenlamp, 'n lütten Sack un ein kort End Strick an Urt un Stell wiern, würd mi klor makt, worüm dat güng: Unner dei Trümmer von männigein afbrennt Wahnhus legen Keller, wo möglicherwies wat tau halen wier. Von baben, dörch denn Schutt, wier kein rankamen. Oewer von dei Stratensiet, dörch dei Kellerluken, künn 't wat warden.

Man dei wiern mihrst so schmal, dat miene groten Kumpanen dor nich dörchpassten.

In ein Näbenstrat harrn dei Groten denn' Schutt von'n Börgerstieg rümt un ein so'n Luk frieleggt. As sei dei upbraken harrn, wier mi klor, wat up mi tau kem: Ick süll dörch dat enge Lok in 'n Keller krupen. Woll wier mi nich, as sei mi denn' Strick ümtüderten un dei Taschenlamp üm denn' Hals hängten. Oewer ick wull ehr wiesen, dat ick kein Bangbüx wier un hew dunnmals in mienen Unverstand ok nich an dacht, dat so'n Dickdaun bös utgahn künn.

Ick hüll mi kort an'n Lukenrand fast, rutschte denn mit dei Bein tauierst in 'n Keller, bammelte kort an'n Strick, stünn oewer 'n Ogenblick späder all up 'n Bodden, denn weck Kellers von disse Hüser wiern man lütt un krupig, dat dor ein utwussen Minsch kum in stahn künn. As ick dei Taschenlamp anknippste, fohrte ick tausamen. Ick harr dei oewerlangen, witten Tüffelkienen tauierst för ein Gespenst, dat nah mi griepen wull, holl'n. Dor, wo süss dei Trepp nah baben güng, leg Schutt. Gägenoewer von dei Tüffelbox stünn, wat ick söchte: Dat Regal mit Inmaktes. Man dat wier tämlich lerrig. Knapp teigen, bannig stöwige Gläs, künn ick seihn. Dei wiern fix in denn' lütten Sack verschwunn'n un nah baben treckt. Ogenblick späder kröp ok ick wedder an 't Licht. Unnen harr ick noch nix von markt, man nu, wo alls oewerstahn wier, füngen mi dei Knei an tau schloddern.

Väl Tiet tau't Utraugen blew mi oewer nich. Nahdäm dei Groten denn' Lukendeckel oewer dat Lock leggt un dat tauschüppt harrn, wiern sei 'n poor Meter wieder all bi einen niegen „Instieg" taugangen. Duerte ok nich langen un sei löten mi in'n nehgsten Keller dal. Dei wier grötter un nich so muffig as dei ierst.

As dunn dei Strahl von mien Taschenlamp dei välen Gläs un Pött tau faten kreg, dei in ein oll Koekenschapp ahn Dören stünn'n, künn ick mien Glück tauierst nich recht faten. Hier harrn sick rieke Lüd 'n groten Vörrat anleggt! Ein halwig Stunn hett dat woll duert, bet dat Schapp leddig un dat wiertvull Gaut ahn Verlust nah baben treckt wier. As ick ok wedder up 'n Börgerstieg stünn, trugte ick mien Ogen binah nich: Dei Treckwagen wier vullpackt un ein tweit Fuhr täuwte up denn' Aftransport. Ick würd verdunnert, up dei tweit Ladung uptaupassen, wieldess dei Groten vörsichtig dei Fracht tau uns' Wahnung bröchten. Ick set as up Kahlen näben dat klaute Inmakte un wier heilfroh, as sei wedder trügg kemen. Ok dit Kellerlock würd wedder tauschüppt un ierst denn dei Ladung in Säkerheit bröcht. Bi uns in'n Schuppen würd alls in Ogenschien nahmen. Mihrst wier dat inmakt Aft, oewer ok Fleisch, Schmolt, Gurken un Suerkrut wieren mit bi. Denn füngen mien Brauder un sien Frünn Heini un Fritz an, dei Gläs un Pött in drei Hupen uptaudeilen. Wat süll dit?

„Nee, säd ick, „so geiht dat nich. Wenn gerecht updeilt warden sall, denn möt dörch vier deilt warden!" Dei drei keken mi verwunnert an. Mien Brauder hüll sick trügg, man Heini un Fritz wullen mi dorvon oewertügen, dat mien Räknung falsch wier, denn dat

74

güng je üm drei Familien unsowieder. Na, dor wiern sei bi mi oewer an'e richtig Stell:

„Weckein is denn in dei muffigen, düstern Keller krapen? Weckein hett dor dei Regale utrümt? Ick orer ji? Oewer ick kann je ok mien Mudder vertell'n, wat wi hüt …" Fix winkten dei beiden af un nu würd, wenn ok mit ein scheif Mul, dörch vier deilt.

Twei Daag späder tröken wi wedder tau ein niege „Operation Keller" mit unsen Treckwagen los. Ut denn' iersten Keller wier nich väl tau halen. As ick in denn' nehgsten instiegen wull, schlög mi 'n oewel Rükel entgägen. Liekers kröp ick dörch dei Luk un knippste dei Taschenlamp an. Wat ick tau seihn kreg, verschlög mi dei Sprak: In denn' Keller legen twei Dode, Mann un Fru. Ehr Anblick wier gräsig. Woll dörch dat Füer un denn' Rok sehgen sei as Mumien ut. Nix as rut hier! Un as ick buten wier, stünn'n mi dei Hoor tau Barg un ick bäwerte an'n ganzen Liew. Dei drei Groten keken mi verbast an. Ick wieste up dei Luk:

„Ddddor, dddor liggen twei Dddode in'n Keller. Ick will nah Hus, ick will nah Hus, blot nah Hus!" Oewer Heini, dei wägen dat Updeilen ümmer noch fünsch wier, hüll dat för ein Utflucht. Hei nähm mi dei Taschenlamp af un lüchtete dörch denn' Schacht nah unnen.

„Dei Lütt hett recht!" schreg hei. Nu brök bi dei Groten ok Panik ut un wi rönnten, so fix as dat mit denn' Treckwagen güng, ahn tau verpusten, bet vör uns' Husdör. As dei Wagen leddig un dat Warktüg weggleggt wier, sett'en wi uns in'n Schuppen dal. Mi schlackerten ümmer noch dei Büxen, as ick ein Extraportion von dei inmakt Plummen kreg, dei wi vör twei Daag klaut harrn, un denn hebben dei Groten mi dat Verspräken afnahmen, keineinen wat von dit gruglig Beläwnis tau vertell'n, ok nix von uns' „Operation Keller", wieldat wi süss bannigen Arger kriegen künnen.

Dat is denn ok würklich väle Johr lang unner uns bläben, oewer mi kem noch lange Tiet späder dei Grugel an un ick kreg Schweitparlen up dei Stirn un Gäushut up 'n Liew, wenn 'k tau Hus wat ut 'n Keller halen süll. Sülwst hüt noch fäuhl ick mi in alls, wat unnerierdsch bugt worden is, nich woll un mak leiwer einen Ümweg, as dörch ein schmal Purt orer ein eng Strat tau gahn.

„SCHWATTE DÜWELS" UP DEI BRADENPLATT?

Mien Vadder wier in'n Harwst 1946 ut Gefangenschaft kamen un müsst sick orrig in 't Tüg leggen, üm uns, mien Mudder, Grotmudder, mien'n Brauder un mi oewern Winter tau bringen. Up normale Wies kem dunnmals kum einer an 'n Happen Fleisch. Wier woll uns' Hunger, dei Vaddern andräwen hett, mit Schlingen un Fall'n wat rantauschaffen. Ick, grad teigen Johr olt, bün em dorbi ofteins tau Hand gahn.

As dat Frühjohr rankem, güngen wi wedder eins „up Jagd", ditmal up ein anner Ort. Ick harr 'n poor dörtig Zentimeter lange Strippen ut Angelschnur in'e Büxentasch. Dei Schleufen an jed' Strippenend wiern so knütt, dat sei nah 't Tautrecken nich up güngen. Ick wüsst, üm wat dat güng un wat ick bi denn' iersten Deil von dissen „Beutetog" tau daun harr.

Uns' Jagdgrund wier dat „Olle Muur", wo sick vör Johren eins dei Peen lang wunnen harr un nu väle Torfgrabens legen. Up ein'n schmalen Weg schleken wi dörch Wiedengebüsch un dichtes Ruhr tau dei lütten, grad so fief, söss Meter hogen Ellern. Sei wiern noch nich gräun un so künn ick dei Kreigennester in ehr Äst gaut seihn. Dor seten all dei Jungen in un dei Oltvögel schleppten Fauder ran.

Üm uns bi dei Uptucht 'n bäten intaumischen, müsst einer tau dei Nester rup. Mien Vadder wier tau schwor, denn Ellernäst holl'n kein grot Last, oewer so'n Feddergewicht as mi drögen sei. Vadder börte mi tau Höcht, dat ick an dei unnersten Telgen langen künn, un denn kladderte ick as 'n Katteiker an'n Stamm bet tau't Nest rup. Drei junge Kreigen, dei noch kein Feddern harrn, keken mi an. As ick fasten Holt in ein Astgabel funnen harr, füng 'k mit mien'n Updrag an: Ein Bein von jeden Jungvagel stäkte ick dörch dei Schnurschleuf un trök dei sowiet tau, dat dei Vagel sei nich wedder afströpen künn. Denn hew ick dei jungen Vagels so an'n Nestrand fastbunnen, dat sei sick nich vertüddern, ut dat Nest fallen orer wegfleigen künn'n.

Wenn Kreigen in ein Kolonie bräuden, wassen dei Jungvögel mihrst tau glieke Tiet up, dat heit, ok in dei annern Nester künn ick junge Kreigen anbinn'n. As ick von'n föften Bom dalkladdert kem, säd mien Vadder: „Nu will'n wi man anner för uns arbeiden laten. Upstunns faudern dei Ollen ehr Jungen düchtig un wieldat dei nich utfleigen könn'n, sünd s' bald schnickenfett!"

An denn' Dag, wo dei tweite Deil von denn' Beutetog, dat „Kreigenafschnieden" losgahn süll, wier ick bannig hippelig. Ick stünn all prat, as mien Vadder mi wecken wull. Vör Sünnenupgang tröken wi los. All von unnen wier tau seihn, dat dei fettfauderten Jungvögel kum noch Platz in't Nest harrn. Fix harr 'k dei iersten Kreigen afschnäden un in 'n Büdel stäkt, dei an mienen Liefriemen hüng. Unnen kemen sei in 'n Rucksack un denn wedderhalte sick dat Spill. As mien Vadder sien'n Rucksack schullerte, wier dei nich blot vull, hei harr ok 'n orrig Gewicht.

Tau Hus spunnten wi dei Schwatten för 't ierst in leddig Kaninkenbuchten. Wi wiern grad bi, uns' Tüg un denn' Rucksack von dei Kreigenschiet sauber tau maken, as dat up 'n Hoff lut würd. Oma harr up 'n Weg tau dei Waschkoek wat kraken hürt un wier dei jungen Kreigen wiesworden. Wieldat sei bannig oewerglöwsch wier, zackerellte sei:

„Dei Satan hett ‚Schwatten Düwels' in uns' Kninkenbuchten stäkt! Dat bedüd Unheil un Elend! Herrgott bewohr uns vör Krankheiten un all dat Sodom un Gomorra …" As dei Hoffdör achter ehr tauschlagen wier, hürten wi sei liekers noch 'n orrig tietlang in't Hus rümjammern.

Sünndags güng Oma ümmer tau Kark. Wenn sei trüggkem, würd updeckt. As dei Kreigenbraden in düsterbrun Stipp, Rotkohl un Tüffel up 'n Disch stünnen, schulten wi tau Oma roewer. Nah ein kort Gebet hüll sei sick nich trügg, sonnern langte orrig tau. Uns' Mudder wier antauseihn, dat ehr ein Stein von't Hart follen wier, un Vaddern griente. Dat gew mi Maut, halflut tau seggen: „Na, denn man gauden Appetit!" Oma ded so, as wenn sei nix hürt harr un fauderte düchtig wieder.

Säker hett Oma wüsst, dat up dei Bradenplatt dei schwatten Düwels legen. Wat harr sei ümstimmt? Ick bün mi wiss, dat sei Vörpahl schlagen un sick in'e Kark bi'n Paster Bistand halt hett. Dei ward ehr woll utdüt hebben, dat Kreigen, so as Duwen orer Anten, ok „Gottes Geschöpfe" sünd un dei Herr ehr dat nich oewelnähmen würd, wenn sei bi so'n „Kreigenmahl" mitfaudern ded.

ORDNUNG MÖT SIN!

'n grot Stück Schwienfleisch, orrig fett,
Ok eins 'n Schlachteplatt mit Mett,
Denn wedder Iesbein mit Püree
Un Suerfleisch in dick Gelee,
So äten ded tau giern Korl Möller.
Man nu, dit liggt jewoll an't Öller,
Hett hei in'n Magen Kniepen krägen,
Künn woll fett Fleisch nich mihr verdrägen.
„Weißt, wat dor helpt?", säd sien Fründ Ritter,
„Drink achteran 'n Magenbitter!"
Oll Möller hett 't dormit versöcht,
Harr em tauierst ok Linn'rung bröcht,
Lang' oewer hülp 't nich, apenbor,
Denn 't Kniepen wier bald wedder dor.

Nu wull hei weiten, wat em fählt,
Un hei hett Dr. Schmidt anwählt.
„Mit 'n Spräktiet süht 't man trurig ut.
Ick säuk eins nah", seggt Schwester Ruth,
„Ierst in drei Maand hebben wi wat frie,
Kamen S' nüchtern halwig acht vörbi."
„Ierst in drei Maand? Schockschwerenot,
Denn bün 'k womöglich je all dod!"
„Bewohren S' Rauh!", seggt Ruth em nu,
„Man wenn 't so kümmt, möt Sei Ehr Fru,
Un dat süll'n S' rieklich oewerleggen,
Bi uns noch denn' Termin afseggen!"

FANKRAWALLE UN GESCHÄFTEMAKERIE

Ick hew wat för Fautball oewer. As Jung spälte ick sülben giern mit denn' Ball. Dat 's langen vörbi. Nu bün ick ein von dei Taukieker. För Johren hew ick noch in't Ostseestadion säten, nu sitt ick vör 'n Fernseh.

Oewer dei „Sportschau" giwt dat nix tau meckern un dörch denn' HD sünd dei Biller nu ok bannig scharp. Liekers hew ick nich mihr soväl Freud an't Fautballkieken as noch vör Johren. Dat hett mihrere Ursaken. Twei dorvon bring'n mi middewiel besonners in Rasch: Dei Krawalle von dei „Fans" un dei Geschäftemakerie.

Ick möt mi dat gornich in'n Klenner anstrieken, denn wenn ick in uns' Südstadt-Center inköpen will un vör dat Center un up dei Stratensiet gägenoewer Polizeiautos stahn, weit ick, dat Sünnabend is un Hansa spält. Un wenn babentau noch ein Hubschrauber stunnlang oewer dei Rostocker Binnenstadt rümknattert, weit ick, dat wi dat hüt mit ein „Hochrisikospill" tau daun hebben. Un dor liggt dei Haas in'n Päper: Langen bevör dat Spill anfangt, stött mi dat all suer up, denn ich hew nahläst un weit nu, dat wi för dei Säkerheit von uns' Fautballstadien in ein Saison gaut 100 Millionen Euro utgäben; 100 Millionen, dei uns Stüertahler äbenweg flietig afknöpt warden! Wenn mi as Fautballfan dat all wormt, woans möten sick denn woll dei Lüd ehr Plauz vull argern, dei mit Fautball nix an'n Haut hebben? Un wat seggen Öllern

81

tau so'n „Utgaben", dei ehr Kinner in marode Schaulen schicken möten orer dei för Kitas soväl hentaublädern hebben, dat von't Gehalt kum wat oewer bliwt? Un wat seggen Hartz-IV-Lüd dortau, dei von'e Hand in'n Mund läwen orer Rentner, dei ehr Wahnung nich mihr bithalen könn'n?

Un jüst, as mi all so'n Fragen dörch denn' Kopp gahn, läs ick in't Blatt, dat dat Bundesland Bremen ein'n Rechtsstriet mit dei Dütsche Fautball Liga wunnen hett. Dat heit, dei Bremer dörben dei Liga nu Mihrkosten för 'n Hochrisikospill in Räknung stell'n! Dit Urdeil würd denn ok promt von'n Bremer Binnensenator as „Ein guter Tag für den Steuerzahler" kommentiert! Oha, wenn dat Schaul makt, kann 't för denn' dütschen Fautball orrig wat düer warden. Naja, dei Fautballbosse hebben denn ok gliek protestiert un künnigten Revision gägen dat Urdeil an. Oewer dei ehr Argumente könn'n mi nich oewertügen: Dat wier ierstens blot ein „Ümverdeilung" von Kosten un tweitens is jewoll dei Fautball sülben nich Schuld an Krawalle, sonnern Lüd, dei dei maken. Na nu man sachten: Dat in dei Liga Milliarden-Ümsätze makt warden, is kein Geheimnis un dorüm würd ein Ümverdeilung kein'n weih daun un von dei Fans, ok von dei, dei randalieren, ward je för jedein Spill rieklich Intritt afkassiert!

Un dormit sünd wi ok all bi mien tweit Argernis: Dei Geschäftemakerie mit 'n Fautball. In kein anner Sportort „verdeinen" Bosse un Akteurs mihr as bi'n Fautball. Dor sünd in'e letzten Johren national un international klammheimlich „Geschäftsmodelle" tau-

samenschaustert worden, dei dei normale Bundes-
börger nich mihr begriepen kann. Dei fött sick je all
an 'n Kopp, wenn hei wat oewer denn' „Lohn" von In-
dustrie-Manager hürt. Man so'n Salärs sünd för Faut-
ballklub-Vörsitters Lapaljen! Wi bruken doch blot tau
denn' oll'n un nu wedder niegen Bayernboss tau kie-
ken, dei johrelang mit Millionen zocken künn, ahn
dat dat einer markt hett! Un wenn so'n Vereine ok
noch in'e Lag sünd, sick för 222 Millionen Euro einen
Späler tau köpen, denn is dat in mien Ogen kein an-
stännig Geschäft mihr. Süht so ut, as wenn sick bi'n
Fautball finanzielle Grenzen in Luft uplöst hebben. Is
dorüm ok kein Wunner, dat dei Späler up 'n Rasen bi
lütten jungsche, üm twindig Johr olle Millionäre in
kort Büxen sünd. Oewer tau so'n „Entwicklung" kann
ick kein'n Bifall mihr klatschen!

Dorüm hett för mi dei Fautball middewiel ein'n
dömlichen Bigeschmack. Un mi kann ok keinein mihr
von oewertügen, dat up dei ein Siet dei Dütsche Faut-
ball Liga Milliarden up dei hoge Kant hett, dat Bosse
un Späler Millionen-Gehälter kriegen un up dei an-
ner Siet allein dei Stüertahler för dei Insatzkosten von
uns' Polizei bi Fautballspille upkamen sall!

WAT DAT MIT 'N STAMMPLATZ IN'T BÄCKERCAFÉ UP SICK HETT

Unner dat Dack von uns' „Inköp-Center" kann 'n alls belopen, wat anliggt: Geld ut 'n Sporkassenautomaten trecken, Breif in'e Post afgäben, Biller bi'n Fotopoint maken laten, dei Handtasch bi'n Schauster reparieren laten, dei Medikamente ut dei Apteik halen un wat 'n süss noch so brukt in einen von dei välen Ladens köpen.

Mihrst hew ick in dat Center däglich wat aftaudaun un wenn alls in'n Büddel is, wat mien Fru mi up 'n Zettel schräwen hett, denn belohn ick mi för dit Daun bi'n Bäcker mit 'n Pott Kaffee, un wenn dei List lang wier, noch mit 'n Stück Kauken tau. Vör Johren bün ick in dat lütte „Bäckercafé" blot af un an inkihrt, intwüschen sitt ick binah jeden Dag binn'n. Dat hett sien Grünn: In mien Öller is 't för dei Knaken woll gaut, wenn 'n sick nah dat Anstahn bi dei Kassen 'n bäten verpusten kann. Dortau kümmt, dat 'n in dit Café vörmiddags sien Rauh hett un dor kein Prominenz, sonnern Lüd as du un ick sitten.

Kieken S', dei Lopkundschaft hett dat mihrst ielig, Kauken orer Wustsemmel sünd furts vertehrt, dei Kaffee fix dalstört un denn sünd sei ok all wedder weg. Anners is dat bi uns, dei öllerhafte Stammkundschaft, dei sick middewiel unnereinanner, tauminnest von't Anseihn her, kennt. Wi beiden uns fründlich „Gauden Morgen", sitten ümmer in dei glieke Eck, hebben

väl Tiet un babentau uns' Eigenorten. Ick sitt bispills-
wies ümmer allein, bün so ein von dei Utnahmen,
denn dei annern sitten mihrst gesellig tausamen. Wo-
ans sei heiten, weit ick nich, hew mi oewer, wenn ick
dat passig fünn, „Namen" för sei utdacht. Vörn, an'n
Ingang, hett dei oll „Grieshorig" Mann, dei eins 'n Ba-
secap, denn oewer ok wedder 'n Prinz Heinrich Mütz
up 'n Kopp hett, sienen anstammten Platz. Bi em sit-
ten oft twei Mannslüd, dei ick „Bräuder" nömt hew,
denn selten süht 'n ein'n von dei beiden allein. In dei
anner Eck, achter dei Säul, sünd dei „Kapteinsfrugens"
tau finn'n. Ehr Kierls sall'n tau See führt sin, nu oewer
all unner dei Ierd liggen. Wenn 'n dei noch tau seihn
kriegen orer spräken will, möt 'n früh upstahn, denn
gägen Klock nägen sünd sei all wedder utflagen. Bä-
ten späder nähmen dor dei „Brodköper" un sien Fru,
dei nu all 'n Rollator brukt, Platz. Dei Lüd hebben mi
vertellt, dat hei bi't Fischkombinat führt sin sall. Tau
dei beiden gesell'n sick mihrst twei von ehr Bekannt-
schaft, Fru un Mann, oewer tausamen hürn dei woll
nich. Em hew ick „Philosoph" döfft, denn hei hett dei
Gaw, männigwat klauk uttaudüden. Von Tiet tau Tiet
stellt sick dei „Panzerkommandant" 'n Stauhl tau ehr
ran. Ein'n Nurddütschen is dei oewer nich, hei 's hier
woll nah dei Wend hängen bläben. Ein'n Disch wieder,
mihrst allein, sitt oft dei „Fallschirmspringer". Woans
ick up denn' Namen för em kamen bün, weit ick ok
nich. Sien Anputz, af un an Tüg mit Tarnmuster, hett
woll denn' Utschlag gäben. Hei drinkt sienen Kaffee
ümmer ut 'n to-go-Beker, wieldat hei giern schmökt

un dorüm woll kaffeemobil sin mücht. Gägenoewer von dei Finstersiet, wo ick sitten dau, lett sick öfters dei „Kaukenäter" dal. Ick wunner mi ümmer, in wat för ein kort Tiet disse Minsch 'n halwen Platenkauken verspiesen kann, obschonst hei dorbi tietwies noch mit mi schnackt. Mihr Besonnerheiten von uns Stammkunn ward ick man leiwer nich uptell'n, denn ick will mi nich in'e Nettel setten un Sei nich langwielen.

Sei künn'n nu je seggen, wenn 'k in dat Café ümmer allein sitt, denn künn 'k je ok tau Hus blieben. Nee, nee, dat Wichtigst is nämlich, dat ick twors in mien Eck allein in sitt, oewer liekers middenmank bün! Un dat funktjoniert so: Wenn ick as Schriewersmann dor in Rauh mienen Kaffee drink, schnapp ick näbenbi dat ein orer anner Wurt up. Twüschen disse Würd giwt dat tauierst noch keinen Tausamenhang, oewer 'n Anrägung kann all bi rutkamen un hen un wenn ward sogor ein Geschicht ut. Wenn denn würklich ein von so'n Geschichten in'e „OZ" tau läsen is, seggt männigmal dei Philosoph tau mi: „Hest wedder gaut henkrägen, Meisting!" Na, dat freugt ein'n denn je ok!

Süss heit dat je: Wenn ein lawt warden will, möt hei dot blieben! Un bevör sick disse Rädensort ok in't Bäkercafé rümspraken hett, will ick mi denn' Stammplatz dor man warm holl'n un – helpt alls nix – jeden Dag inkieken! Un von dei Nieglichkeiten würd ick je ok kum wat mitkriegen, wenn 'k dor blot einmal in'n Maand 'n Pott Kaffee drinken ded!

MIT SEXY UNNERWÄSCH?

Früher kreg Friedrich
Von Elsbeth nich naug,
Hüt sitt hei leiwer
Mit Frünn in denn' Kraug.
All lang'n bi Elsbeth
Dei Frag anliggt,
Woans sei Friedrich
In 't Bedd trüggkriggt.
Süll Friederich ehr
Mihr Leiw wedder schenken,
Müsst sei woll bannig
Sien Sinn'n up sick lenken.
Vör Johren hett 't ümmer
Gaut funkt'joniert,
Wenn s' sick in scharpe
Dessous präsentiert.
Süll Friedrich noch
Ümmer up sowat stahn?

Furts ward dei Reis
Nu tau Stadt rinnergahn.
Un Elsbeth ward
In't „Kophus för Damen"
As dull mank all dei Wäsch
Rümmerkramen.
Köp ick Dessous
In pink, rot orer schwatt?

Ach nee, dei hew ick
Je früher all hadd.
Elsbeth grippt tau,
Betahlt ok recht väl
Un köfft sich alls,
Wat sei brukt, in gäl.
Denn treckt sei sick dat
Ok abends gliek an
Un täuwt nu gedürig
Up ehr'n Mann.
As dei kümmt mäud
In'e Schlapstuw rin,
Röppt Elsbeth:
„Na, wat föllt di nu in?"

Vör 'n Kopp schlöcht Friederich
Sick furts 'n bäten:
„Dei gäl Tunn rutstell'n,
Hew 'k ganz vergäten!"

BROT UND SPIELE – KLAPPT ÜMMER WEDDER

Dor, wo up Rügen dei Bäderarchitektur Kurgäst an-
lockt, rückt dat nah Luxus un Wollstand. Oewer all 'n
poor hunnert Meter achter dei Dünen läwen väl Rü-
ganer von'e Hand in'n Mund, von Hartz IV orer Sozi-
alhülp. Ähnlich süht dat up Usedom ut. In dei Kaiser-
bäder rullt dei Rubel, oewer all dat Achterwader liggt
in'n griesen Näwel, so, as dei mihrste Deil von Vör-
pommern. Giwt Urtschaften as Stralsund orer Greifs-
wald, dei ut denn' Näwel rutragen, man blot 'n poor
Kilometer wieder, taun Bispill in Anklam, süht 't all
wedder leeg ut!

Oewer dat ward sick bald ännern, denn Anklam
ward „Schlagerstadt"! Beatrice Egli, DJ Ötzi, Michelle,
Vanessa Mai, Bernhard Brink un noch mihr von so'n
Stars warden 2018 dei Kor ut dei Schiet trecken un
dorför sorgen, dat dei ganze Region upbläuht!

Kieken S', wenn dei Minschen ierst wohrnahmen
hebben, dat dat „Mega-Festival – Schlager pur" in'n
Nurden von uns' Bundesrepublik aflöppt, ward dat
kein Holl'n mihr gäben, besonners, wenn sick rüm-
spraken hett, dat ein „Stehplatz" all för 'n Schnäpp-
chen-Pries von blot 49,00 € tau hebben is. Dusende
warden sick up 'n Weg maken un ein Festival ward
dat anner jagen.

Nich ümsüss spräkt dei Veranstalter nu all von
Anklam as „Schlager-Pilgerstätte"! Kann sin, dat dei

Hotelbedden in dei kumplette Region knapp warden, sogor up Usedom un Rügen! So'n Festivals späulen Geld in dei Kassen! Wenn hüt ok noch dei ein orer anner Laden in Anklam taunagelt is orer Vietnamesen dor Billigwor verhökern, dat hett bald ein End. „s.Oliver", „Armani", „Jack Wolfskin", „Fossil", „Benetton", „Chanel", „Nina Ricci" orer „Versace" hebben all tauseggt, dor bald ehr Boutiquen uptaumaken. Un tau orrig Kleedasch hürt je ok 'n bäten Schmuck. Ward woll nich langen duern, bet dei Nobelmarken as „Louis Vuitton", „Christ", „Gucci", „Prada", „Rolex", „Cartier" orer „Swarovski" nahtrecken. Un wenn denn dei Anklamer Keil- un Steinstrat tau ein Flaniermiel worden sünd un dei Prominenz dor tau't Shoppen ut ehr Porsches stiggt, denn duert 't nich mihr langen, bet bispillswies dei Kopladens up 'n Kauhdamm in Berlin Insolvenz anmell'n könn'n!

Is doch würklich grotorrig, woans ut ein vernahlässigt Region dörch Kreativität un Innovation up 'n Schlag ein Landstrich ward, in denn' Arbeitslosigkeit, Billiglohn, Armaut un Trostlosigkeit kein Rull mihr spälen!

Nee, würklich, nu segg noch einer wat gägen Schlager! Villicht bringen so'n Mega-Schlager-Festivals ok frischen Wind in uns' Parteienlandschaft? „Dütsche Schlager Partei" (DSP), dat klingt doch nah wat! Un wat dei Bundesverteidigungsministerin Fru von der Leyen kann, dat kann Michelle doch all langen. Unner Michelle künn sogor dei Rüstungsetat senkt warden, denn sei is je as kein anner in'e Lag dei Gägners

in 'n Schlap tau singen! Un wenn Sei mi fragen: Ick
glöw, dat Bernhard Brink dörchut dat Tüg tau'n Bun-
deskanzler hett, orer?

ALLS GAUDE KÜMMT VON BABEN?

Mit dei Utsag hew ick so mien Bedenken. Kann je
sin, dat dei Götter uns Minschen mit ehren Sägen
von baben wat Gaudes daun. Kümmt oewer woll ok
up dei Dosierung an un in weckein Gägend dei Min-
schen läwen. Ahn Sünnenschien un Rägen giwt dat
kein Läwen up uns' Ierd. Man wenn 't tauväl dorvon
ward, kann 't Läwen ok tau Grunn gahn. Man dat sünd
je Naturgewalten.

As oewer üm 1895 dei Anklamer Otto Lilienthal
uns Minschen dat Fleigen mit Maschinen bibröchte,
künnen wi dat mit denn' „Sägen" von baben bald in
uns' eigen Hänn nähmen. Dat hett ok gor nich langen
duert. All in'n iersten Weltkrieg würden von 1914 an,
ut so'n Maschinen Bomben up dei Gägner afschmä-
ten. Wier je schön wäst, wenn nah denn' Krieg dei
Flugmaschinen blot Fracht orer Minschen transpor-
tiert harrn. Nee, dor würd nix ut, denn dei groten
Nationen, natürlich ok Dütschland, rüsteten nu för
dei „Luftwaffe" up. Bald wier an dissen Deil von ehr
Kriegsmaschinerie nix mihr uttausetten. Un bevör wi
nu mit 'n Finger up anner wiesen, dei dörch Bombar-

dements in'n Tweiten Weltkrieg männigein dütsche Stadt in Schutt un Asch leggt hebben, möten wi uns an dei eigen Näs faten!

Dörch dei „Legion Condor", ein Luftwaffeneinheit von dei dütsche Wehrmacht, würd all 1937 in'n spanschen Börgerkrieg dei Stadt Guernica bombardiert un denn' Ierdbodden gliek makt.

Dat wier weltwiet dei ierste Insatz von Bomben gägen ein Zivilbevölkerung, ein Symbol för Terror dörch Luftkrieg un gliektiedig dat ierst Kriegsverbräken von dei dütsche Wehrmacht! Mit Utbruch von'n Tweiten Weltkrieg 1939 un bet tau sien End 1945 hett dei Luftkriegterror mihr un mihr taunahmen. Ierst wiern dat tau'n Bispill dei Nazi-Sturzkampfbomber, dei Angst, Schrecken un Verwüstung in Polen un dei Sowjetunion utlösten un tau Kriegsend dei in Peenemünn' entwickelten Raketen V1 un V2 (Vergeltungswaffen?), dei Stadtdeile von London un Antwerpen taunicht makten. Näbenbi: Dat wiern dei iersten „Marschflugkörper", dei up uns' Ierd entwickelt würden!

As tau Kriegsend dei Alliierten in'n Luftkrieg mihr Oewerhand kregen, würden dörch britische Lancaster orer amerikansche Boeing dütsche Städ' bombardiert. Obschonst dei Krieg dörch dei Alliierten längst wunnen wier, un dei Mächtigst von dei Verbündeten mit Dütschland, Japan, ok nix mihr an ännern künn, würden noch in'n August 1945 Atombomben up Hiroshima un Nagasaki afschmäten. So as dei Dütschen dunn mit dei Legion Condor ehre Luftwaff in Spanien „test" harrn, deden dat dei Amerikaner mit ehr Atombomb, wat je ümmerhen ein Massenvernichtungswaff is, nu in Japan. Dat dit ok ein Kriegsverbräken is, liggt up dei Hand.

Hebben dei Minschen bet hüt wat ut disse gruglich Tiet lihrt? Nee! Wi Europäer läwen twors siet mihr as soebentig Johr in Fräden un wi können dorüm ahn Angst nah 'n Häwen rupkieken, denn' Sünnenschien un ok dat Wulkenspill geneiten. Oewer nich wiet af von uns towt in Syrien, Jemen orer in'n Irak wedder Krieg un ok Afghanistan orer männigein afrikansch Staat kümmt nich tau Rauh. Wat dat nu amerikansche, russische, israelische, türkische, französische orer Kampfjets ut dei Emirate sünd, egalweg ward bombardiert.

Dorbi sall dat gägen Rebellen, denn' IS orer dei Taliban gahn, man an'n mihrsten lieden unner disse Bombardements wedder dei Zivilisten, besonners Kinner un Frugens. Un wenn weck dorbi ümkamen, heit dat niegerdings „Kollateralschaden" statt Kriegsverbräken, zynischer geiht 't nich mihr!

Woans kümmt dei Minschheit ut disse Düwelsmoehl rut? Ganz einfach: Alle Fleiger un Raketen, dei för 'n Krieg brukt warden, instampen un keine niegen bugen! Wenn kein Bomben mihr tau'n Häwen rup kamen, können s' ok nich afschmäten warden. Dat müsst dei UNO doch henkriegen, orer?

Ach, dor föllt mi noch wat in. Dei Amis hebben nich blot Bomben afschmäten.

Nah denn' Tweiten Weltkrieg wier ok wat för dei Kinner mitbi. Man dei Freud doroewer wier so deilt as dunnmals Dütschland. Dei Kinner in'n Westen sammelten Schokelor un Bonbons von'e Strat, dei in'n Osten Tüfftenkäwer up 'n Acker!

NICH MAL VON FRÄDEN DRÖMEN?

Kort innickt wier 'k woll unner'n Bom.
Plink nu dörch 't Astwark rup tau'n Häwen.
Sinnier dorbi oewer mien'n Drom:
Würd dat dei Minschheit noch beläwen?

Drömt harr 'k, dat Fräden ewig nu regiert,
Wieldat dei UNO kem tau ein'n Beschluss:
Egal, wo Krieg towt up uns' schöne Ierd,
Dit Johr tau Ostern föllt dei letzte Schuss!

Kein dörft mihr bomben, blot noch räden.
Ut Panzerstahl würd männig Brügg
Un Treppenstuften ut dei Käden.
Kum faten künn dei Minsch sien Glück.

Wat 's dit? Ick mak mien Ogen apen
Un kiek verbast tau'n Häwen rup.
Mi hett ein Rägendruppen drapen,
Dor treckt grad ein Gewitter up.

Nah 't Blitzen fangt tau dunnern an.
Hürt ick dor syrisch Kinner schriegen?
Un ok Assad un Erdogan?
Denn wädert dat ok all von Niegen.

Nu ward dat düster, kum noch Sicht,
Rägen kümmt dal, dat gütt in Strömen.
Herrgott, is dit dat Jüngst Gericht?
Dörf man nich mal von'n Fräden drömen?

Liebe Leserin, lieber Leser! Wie hat Ihnen die Lektüre gefallen?
Bitte bewerten Sie uns im Internet.

Die Deutsche Nationalbibliothek verzeichnet diese Publikation in der
Deutschen Nationalbibliografie, detaillierte bibliografische Daten sind
im Internet über http://dnb.de abrufbar.

© Hinstorff Verlag GmbH, Rostock 2019
Lagerstraße 7, 18055 Rostock
Tel. 0381/4969-0
www.hinstorff.de

1. Auflage 2019
Herstellung: Hinstorff Verlag GmbH
Coverillustration: Carola Rong
Druck und Bindung: CPI books GmbH
Printed in Germany
ISBN 978-3-356-02233-9